思想觀念的帶動者

文化現象的觀察者

本土經驗的整理者

生命故事的關懷者

心靈工坊
PsyGarden

STORY

在奔馳的想像中尋找情感的歸屬
在迷離的經驗中仰望生命的出口
在波動的人性中釐定掙扎的路徑
在卑微的靈魂中趨近深處的起落

心理師，救救我的色鬼老爸！

呂嘉惠——著

目錄

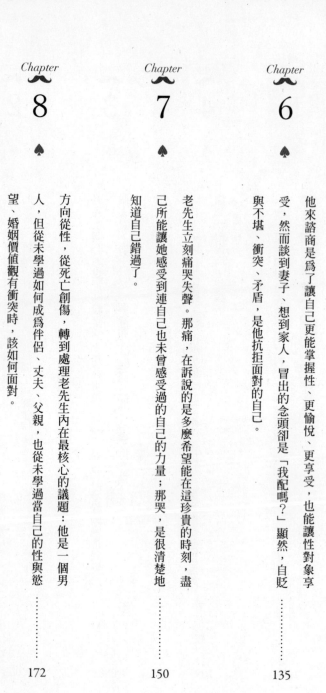

各界推薦

「從來沒有看過一本書可以用這麼有趣的方式來討論一個大家都禁忌討論的話題。在我們的文化裡面，性愛似乎是一種大家期待，但是又不敢碰觸的主題，尤其在與女性的世界更是如此，只要談起與性愛有關的東西，就會被說是不三不四。

也因為無法討論，所以形成了許多的誤會跟不理解。事實上，往往讓當事人最痛苦的並不是慾望沒有辦法被抒發，而是那種『不被理解』的心情，而這本書正提供了一個理解的空間！我的感覺是，不只是對於書裡面的那個老先生，更是對於有許多類似困擾的男性或女性，提供一把『潘朵拉盒子』的鑰匙。

在許多的童話故事裡面，性愛往往用隱晦的方式來說明，例如白雪公主的蘋果、睡美人的紡錘、小紅帽被大野狼吃掉等等，我們很少真正的面對有關於慾望的表達與溝通。而這隻沒有被我們看見的野獸，也因為我們的好奇跟恐懼，慢慢地被豢養長大。相信透過這本書鞭闢入裡的專業知識還有生動的劇情內容，我們不只可以了解性跟自己的關係，也可以看見性在不同的家庭成員當中，造就了什麼樣的動力，以及這樣的動力，如何影響一個人的自主權。

如果你的人生曾經或者是正在被跟『性』有關的問題所困擾，那麼這本書，將會蘊含一整座城堡，帶你走進另外一個，從來沒有被好好探索，也不敢向別人提起的世界。」

——**海苔熊**（心理學作家）

「看過《性愛自修室》，卻苦盼不到台灣本土的性諮商相關作品？曾經以案主的身分進入過諮商室，卻覺得《也許你該找人聊聊》的心理師內心戲不夠接地氣？推薦給每次結束諮商都會好奇心理師心內話的案主，也推薦給對於性諮商有疑慮的任何人。性諮商不只是關於性，而是人生而為人的梳理。」

——**休士頓我們有麻煩了**（試讀讀者）

「一本炎炎夏日洗眼睛，靠近性，靠近自己與所愛之人的罕有作品，推薦給每一個在關係裡、在性裡欲求不滿，渴望著更滿足，渴望著擁抱回完整的自己的妳／你。」

——Tinghsuan Chen（試讀讀者）

「這是一本精彩輕鬆的性心理解謎小說，也是一本精闢紮實的性諮商教學課本。

在以為一切問題已經找到解答、療程結束之際，翻開下一章，卻在心理師帶領下陡然拉出新的深度。閱讀時彷彿也坐在諮商室中，跟著角色在心中不停反思探問：性，是什麼？關係，是什麼？而終究有一天得面對的，親人或自己的老化與死亡，我準備好了嗎？

令人驚嘆的美，不僅僅是心理師溫柔的帶領、透徹的解析，更是生命如何一步步淬煉出來的精彩，與，永不停歇的可能性。」

——李竹薇（心理師／性諮商師／生理回饋治療師）

「很喜歡作者說故事的方式，緩緩的，後勁卻很強！閱讀過程每每應對著生命的某些片刻，泛起的情緒漣漪需要好好被自己看見與擁抱。做為一個性諮商師，深覺這是本想從事性諮商與性治療者必讀的教科書。此外，書中每個人物的互動場景像看電影般歷歷在目，讓人無法停止閱讀地想要一探究竟。由垂暮之年的性拉開序幕，性不再只是性，透過每章節不同層次的述說，故事人物的生命發展脈絡與家庭文化也逐漸揭開，而生命中性、愛的印痕，則牽動著關係中每個人的情緒糾葛。這是一本讓人們對人有更有立體的看見，對性有更溫柔的理解的好書。」

——**王嘉琪**（台灣性諮商學會理事長／心理師／性諮商師）

「人因性而誕生，也因性而獨特。如果說生命像一幅畫布，性則是上面各式的顏料，將人生的酸甜苦辣揮灑其上，創造出獨一無二的作品。第一次讀這本小說，不禁會被書中的對話攻防與關係角力吸引，如同追一部高潮迭起的戲劇一般，身臨其境。第二次閱讀，你會驚訝於性的複雜，在巧妙的故事鋪陳中，體現人性最豐富而幽美的厚度。第三次閱讀，你會領悟到性對人的深刻影響，而開始對自己的性產生好奇。這無疑是目前台灣最特別、刻畫最深刻的性諮商小說。如果你沒有讀過，絕不敢說你懂得什麼是性。」

——**郝柏瑋**（心理師／職能治療師）

—推薦序—

入情入理也入心

許佑生（作家、性學博士）

一位七十多歲的老爸，被幾個已屆中年且身為人母的子女集體催促到性心理諮商師辦公室，企圖透過專業協助，拆卸老爸一身所謂老不修的好色行徑，重新組裝這部老機器。

以上即是這本書的主軸，光想像恐怕就令人抱著頭發燒。不管是想像那位老爸的窘迫困境，或子女們的尷尬處境，都不堪扛任。

人，有七情六慾。心理諮商處理的是人的七情，性諮商處理的是人的六慾。「七情六慾」併和起來是一個人的整體，社會大眾多能理解，甚至全盤接受。但兩者一旦拆解開來，「情」、「慾」待遇可截然不同。

七情，通指精神上的情緒、情感、情結、情思，被視作形而上，或俗稱「腰部以上」；而六慾，通指慾望、慾念，或俗稱「腰部以下」。人類文化長久以來，總是何其膚淺、粗糙地把「腰部」當作分水嶺，分成以上和以下，予人觀感差異甚多。

心理諮商，係以對話的導引作為基礎，來爬梳心理議題，也被稱為心理治療。多年前，舊傳統仍把心理諮商看成有內在缺陷的人才會需要；漸漸地，現代人已調適了新觀念，心理諮商也可以是一種促進內在潛能之開發，人們不再忌諱。

不過，性諮商，亦即在諮商前面，多添了一個「性」字，遭遇便大不同。即令至今，不少人依舊把性拘禁在「那個地方出了無法啟齒的問題」，諱疾忌醫。所以，根據社會觀判別，需要性諮商的人一定有了「非常狀況」的隱疾，不可言說，不可告人。

當知悉我們社會中，不免還存在著這樣的偏見，再來閱讀這本書，則較易找到閱讀定位；感受到書中那位性諮商師怎樣從人性不堪那一面，逐步又逐步，撥雲見日，看見了人性溫暖這一面。

書的起頭，在尚未與個案晤面時，性諮商師內心已有所準備。她清楚即將接下的案子，涉及「老男人與性」這個讓人聯想到的意象。它往往不像小鮮肉那樣挺拔與令人有動心感，而是帶著一種猥瑣與萎縮的骯髒感。她完全預知了接案的困難度。

首次晤談中，她從與個案老爸的互動，下了初步小結論，感受到他對性是十分有活力與好奇的。他也透露這樣過程這很有趣，因為這些問題以前都沒有人可以好好講。兩人中性化的反應，為之後的溝通打下友善的基石。

接下去的每一次會面，可以比喻為他跟她的拔河，有時她把他拉向「真正認識自己」這頭多一點，有時他把她拉回「慚愧內疚的我」那頭多一些。

隨著會面次數增加，他暴露了因為做出種種不當性行徑而產生的更多焦慮，她則每個當下都必須施展庖丁解牛的技巧，帶著他穿越內心一座座迷霧森林。面對性這個極度敏感議題，等於踩進地雷區，她拋出去的每個問題都得擲地準確。讀者為他們向前一步而鬆一口氣，也不斷為他們進一步退兩步而懸一顆心。

全書最耐讀之處，在於這位諮商師會如何為這一位看似可以直接定讞的好色老爸翻案。她以提問、誘問和追問連番出招，幫他釐清跟子女們的緊張關係、釐清他扮演父親角色的失調；更重要的是，釐清亡妻生前與他的房事影響層面，以及讓他驚覺大半輩子都是妻子在持家顧家，意識到自己原來一直以降，作為先生、老爸是如此無能空洞，才從角色中落荒而逃，出現一些「不符合社會期待」之性行徑填塞日常。

諮商師逐漸理出脈絡，老爸發生的每一樁好色事件，那種對性的下意識參與，就彷彿一個人不慎跌入慾海中，而不得不拚命抓住的每一根浮木。

表面看來，書中這位老爸違背了社會對「老年」的共識——從童年、少年、青年，到壯年、中年，人生每一個階段都可能有慾望，但唯獨老年不涵蓋於此，應該算脫隊了，進入無慾望狀態。

我們從來這樣認定，老年人不會有性慾，因為他們都已經邁過那些該有性慾的年代了。青春年華嚮往性，壯麗年華享受性，「美好的仗都打過了」，人老了，就該華麗轉身，倘若還有性，這不是找大家的碴嗎？老人是無性動物，這樣世界運作起來不是簡單得多嗎？

但偏偏這位喪偶的老爸就不是這麼簡單，他沒讓子女好過，也沒讓社會好受，陸續出現了找按摩小姐做半套、視訊、摸摸茶、跟同齡女子性探險、到公園對人毛手毛腳等失控舉止，子女們知情後都嚇慌了手腳，火速將他送入「性問題急診室」。

諮商師在子女們眾目睽睽下，接收了這顆燙手山芋，有點像被趕鴨子上架。瞬間，讀者亦融入諮商師的角色裡，也感受到一股壓力：哇，這麼巨大的挑戰，怎麼辦怎麼辦？

當讀者用心閱讀下去，會更進一步察知，其實，他們不僅一邊要跟著諮商師的指揮棒，按圖索驥，挖出真相；另一邊也會著急，轉而跳入色鬼老爸的身心狀態，跟他一起喊冤：「我不是猥褻老頭，這一切都應該有其原因吧，拜託幫幫忙，幫我找出來。」

全書一共安排了十次會晤，老爸與諮商師之間看似僅止於醫病關係，若深入解讀，卻不僅於此。諮商師除了是治療者，相對於老爸站在被告位置上，有時她也是老爸的辯護律師，有時又是跟老爸子女們站在一起的檢察官；必要時，她也是探案刑警，偶爾又扮演一下法官，角色相當多重。

這本書，是一部性心理諮商師如何協助就診者的詳實側寫，不過閱讀起來，它既是心理劇，也是法庭劇，充滿言詞機鋒、咄咄對答；還有，它也是偵探劇，一路尋索犯案動機，並找出對應案情的證據。

觀眾一向喜愛觀賞法庭戲、探案戲、推理劇，因這些戲的劇情到處埋地雷，並一致地峰迴路轉，攻防互襲，目不暇給。本書佈下了很多這類元素。

一般人大多沒有求助過心理諮商，更少人有進行性心理諮商的經驗。這本書提供讀者不止單單閱讀，也同時在學習。跟著諮商師的有心誘導，跟著老爸的剖心自白，去學習性行為背後的性心理，以及性心理不是一刀兩半那麼絕然，它是生活中的諸多情緒、遭遇、閱歷交纏醞釀而成，有些是當事人自我選擇，有些是當事人迷糊導致，有些是外力使然，促成當事人走到這個田地。不管哪一種情狀，讀者都從中學習著什麼是同理心。

本書作者呂嘉惠是一位性諮商專業訓練師，她整合了多年的諮商經驗，將一個「人人都假裝看不見」的棘手個案，鋪陳為十萬字的小說體。這是很貼心的設計，面對「老年 vs. 性」的爭議議題，也是一個亟需關照的心理現象，如果以學術陳述的表達方式，也許令讀者裹足不前，無法帶動社會的整體關懷。

她採用了小說體，提高可讀性，將性諮商專業技巧置入情節、對話中，本來是不和情理的事件，是一道天要塌下來的難題，竟然出乎意外，讀到最終，感覺入情入理也入心。且餘味裊裊，不禁細思人類的心理是何等謎樣複雜、卻也是何等迷樣精緻，具有可貴的無限可能。

—自序—

奧祕如極光

關於我，關於性諮商，關於荷光

二○○八年，在我心理師執業十二年時，我的電腦中就有一個出書計畫檔案，裡面有三個檔案夾，分別是兒童青少年性諮商、成人性諮商、伴侶性諮商的出書計畫。無論是我的學生，或是關心性諮商的朋友，都一再建議我該出書了，必須要出書！然而，困難的是，每當我以為我掌握了性生理、性心理、性教練技術與人格與性人格的狀態，也精熟了性心理諮商工作的治療路徑，就會立刻發現過去的自己所看不到的面向與能力的缺乏，打消了出書的念頭，繼續謙卑、臣服、學習、參透。這樣的狀態，屢見不鮮地在我的執業生涯中出現。

在性諮商的領域中，我沒有名義上的老師帶領，但曾在美國留學的經驗讓我深刻體會文化脈絡對於人的性心理發展影響重大。在不同的文化中，需要使用不同的治療觀點，無法直接複製使用。如何找到適合台灣在地文化的性心理助人工作的做法，是我在每一次工作中所不斷檢討反省的。到底心理師要具備哪些能力，才能勝任這個緊貼著文化變動的學科「性」，或更精確地說，是在「性」這個學科中的「人」與「關係」？執業的二十五年中，台灣民主意識的發展與性別、性權的平權倡議的動能十足地發展著，我潛心關注著大眾的性心理與關係經營，如何跟著民主、平權、網路社群普及而轉變的歷程。這些，是所有性的奧祕的基底。

而這一切奧祕，沒有你，我無法探知。

感謝你，我的老師們。

感謝所有與我相遇的個案們，你們見證著台灣面對性困擾的文化的轉變，並允許我與你們一起，在難以捉摸、讓人困惑甚至痛苦的性心理中，低頭學習。

感謝所有來荷光性諮商專業訓練中心受訓的心理師，你們見證著一個純台灣本土化治療學派的發展歷程。因為你們對於性諮商的看重，讓我在人生的使命中，增添了愛、豐富、溫暖與支持的力量。

感謝我的父母，在你們絲毫不理解我在做什麼的情況下，選擇了完全無私地支持我。

感謝荷光團隊，謝謝你們選擇跟我一起在生命中修行，支持荷光夢想，願成人在孩子性發展的旅程中不缺席，為維護孩子良好的性自尊與性健康的人生而努力，願每個族群都能享有幸福的權利。

感謝所有走進我生命中的重要他人，謝謝此生相遇，合十。

關於這本書

原本，我跟出版社都覺得，第一本將性諮商介紹給大眾的書，宜貼近大眾面對性的困惑，也回應一般人對性諮商的陌生與想像。於是，我設計了橫跨二十五歲到五十五歲人生與性發展綜合的十篇短篇小說企劃，內容包含了性諮商中常見的主題，身體意象對性自尊的影響、男/女心因性性功能障礙的困擾、性成癮、性交恐懼症、伴侶關係之外的性、性欲取向，以及多元關係與性偏好議題。

對於一個非常擅長企劃執行的性諮商專業訓練師來說，我以為，我可以輕易地達成這樣的目標。

二〇二〇年一月二十五日，大年初一，我依著計畫準備著手開始寫書的第一天，早晨醒來前，老先生的一家人走進我腦中，振振有詞地要求諮商。我開始振筆疾書，寫完

〈序曲〉後，我陷入遵循企劃合約還是靈感的天人交戰，因為太好奇老先生的諮商將會有何走向，但又擔心不被編輯接受、不被大眾喜歡。我開啟了不同的檔案，試圖將故事濃縮精簡成短篇，無奈二小姐抗議、老先生耍賴，堅持占據我的大腦。

卡關多日，唯一解決的辦法，就是先治療他們。

就這樣，兩個月中，我用了十五個工作天，以相仿的諮商節奏，寫完了十個sessions。

原本約定五月底交稿，我提前在三月二十五日完稿，準備如果出版社覺得不適合，至少留有重新寫一本的時間。

在等待編輯回應的日子裡，我忐忑地想著，性行為的細節在性諮商師辦公室裡面是很好用的諮商媒材，但對於大眾來說，也許連「諮商」都是一個新的概念了，更何況是「性諮商」？而諮商裡面的「性」，是許多心理師都想避免的議題，如此直接的撰寫，讀者能接受嗎？

老人的性，這個不貼近閱讀大眾的主題，會有人有興趣嗎？

把諮商歷程、評估概念寫得這麼細，雖然是能力建構取向性諮商很好用的教材，但這對讀者來說，看得下去嗎？

我更掛心的是我的個案們的感受，即便這是一個虛構的人物、虛構的故事，我以諮商現場為背景的撰寫手法，對諮商關係，有可能產生怎樣的影響？

然而，除卻這些擔心，我發現，我熱愛這樣的寫作方式。

十坪大的諮商室裡，我只描寫個案與心理師對坐的現象場，也就是我的日常。把這場景書寫出來，對我來說異常地有魅力，我彷彿懂了靜物寫生的奧妙；畫作雖永遠無法取代真實，卻留住了那時空的韻味。

無論有沒有人欣賞，就這樣寫下去吧！我跟自己說。

把我在性諮商的專業位置所理解到的性心理、性生理、性人格的豐富、多彩、奧妙、意想不到的欲望樣態與性心理動力，藉由故事撰寫出來。

有趣的是，當我想到這裡，原先企劃的十篇短篇小說主角，一一現身：小鳥先生、豌豆公主、聖母、妓女、亞當、撒旦、唐吉軻德、睡美人醒了、遺忘高潮的人。

此時我也懂，七十五歲的老先生為何是第一本的主角。他彷彿拉開了性的序幕，展現了性在生命中的宏觀視野、從生命在發展中被形塑的歷程，以及人在死亡面前，求一個與自己和解的機會。

他帶出了我對性的理解：性，可以是身體欲望的紓解，也可以在自我、關係、欲望中交織，埋藏了宇宙運行的道理，是人終其一生的探尋。

「你為何這樣執著於性？」這是執業二十五年，我被問過不下百次的問題。

我只能回答，身、心、性、靈、時空與關係的變化的組合，奧祕如極光，

能遇見的，

是，

有緣人。

註：本書中所有人物與故事場景皆為虛構。

♠ 序曲

「老師，我只問你三個問題！」

無視於長廊後面等候室中凝結又尷尬到極點的氣氛，及一雙肯定直勾勾盯著我們背影的眼神，七十五歲的陳先生一走進晤談室，連我門都還沒關好，他也還沒坐定，就用宏亮有力的聲音說：

「老師，我只問你三個問題：

「一、人幾歲應該沒有性慾？

「二、壓抑性慾會不會對身體不好？

「三、老人性慾應該怎樣抒發才對？」

我嘆了口氣，苦笑了一下——確實是女兒的爸爸，父女都給足了個案管理師 Una 跟我，壓迫感。

就在幾分鐘前，我還跟他那幾位在外面等候的孩子——說他們是孩子也很尷尬，因為都是五十多歲的人了——所創造的情緒張力與心理動力奮戰。而這位老先生，卻一副人不在現場的自在。

或許我得把時間推到四天前，Una 掛下初談電話，大大喘息的那時候。那天，我正在諮商所跟 Una 核對所有個案諮商的時間。

Una 是我諮商所的個管師，我們已經合作多年了。她非常擅長用電話協助第一次預約諮商的人，針對他們的需求給出相關資訊、說明諮商的基本流程與計價方式。除此之外，她還管理諮商室外個案與心理師的行政事宜，比如協助媒合個案與心理師工作的時間，確認每位個案每次晤談的時間；個案缺席、遲到，她都會去電追蹤；甚至包括每年的消防安檢、衛生局督考跟諮商所所在大樓的種種人情世故。

這是一個與心理師緊密合作的角色，因為每位個案與家屬都有表達「關切」的不同方式，比如那一天……

那一天，我正跟 Una 核對資料到一半，電話鈴響了。她一手接電話一手翻開紀錄本，我看她的手寫不到兩個字，就開始轉起筆，表情變得嚴肅，身子也挺直起來。顯然來電者，也就是這位老先生的女兒，姑且稱她陳小姐好了，讓 Una 繃緊神經，謹慎應對。從 Una 的答話中，可以猜測對方堅持要直接跟我談她父親的狀況，但 Una 為了治療效果謹守諮商專業界線，多次堅定地拒絕她的要求。掛掉電話後，她彷彿剛跑完馬拉松、體力耗盡似地頹軟在椅子上，跟我訴說剛才與陳小姐的這段雞同鴨講。一般人用自己的「情緒」、「感覺」、「以為」所認定的邏輯來思考，因此往往無法理解心理師的龜毛是有其專業依據的。

「我幫你泡杯茶吧！」我笑著問：「現在要的是薄荷降火、還是薑茶暖心？」

「不用啦！抒發一下就好了。」她搖著頭說：「我反覆跟她說明，我們為了當事人而堅持諮商界線的目的，就是為了促進諮商療效。我算一下……」她回憶談話的脈絡：「嗯，我至少講了三到四次。」

而電話那頭的陳小姐，顯然也經歷到無法說服 Una 照自己意思去做的強烈挫折感後，在最後一輪，想必聲調高八度且富有戲劇性、威脅感地炸裂了：

「我覺得你不讓我跟心理師先說明我父親也就是病人的真實狀況，是很不專業的作法！」她用評價的語調產生攻擊的力道，「心理師本來就需要有完整全面的訊息才能更專業地治療病人！」以不屑的語氣表達羞辱，目的是要你心虛，使你動搖。接著，換成了嘲諷的口吻：「如果需要付費，好啊！那你就明說，我付錢就是了！」她把治療者看成只要錢的勢利眼，背後其實是以貶低來表達無法影響個管師的挫折。

而個管師無論心中多麼○○××，仍然以一貫平靜的語調，溫柔堅定地堅持下去，這是個管師角色必要的訓練：

「你父親是成人，我相信他有能力以他的方式讓心理師知道他需要心理師協助的地方。心理師會以專業評估，如果需要家人進來一起會談，必然會跟你們說明，至於是否需要付費，會依照心理師評估當事人的目標、家屬參與的目的，來向你們清楚說明。」不卑不亢！Una 的工作是第一線與個案接觸，她是否能妥善處理界線，會影響心理師接下來的諮商效果。

經歷了這一連串對話、無法說服個管師的挫折、飆升的焦慮，陳小姐的情緒必然需要出口。果然，Una 挨了一陣狂罵後，陳小姐開始滔滔訴說父親性關係的混亂是如何讓做子女的他們困窘。

「Una，你有沒有跟他說明諮商的作法、歷程與產生效用的原因？」我想知道她用了哪些方法，同時她怎麼解讀與評估跟陳小姐的互動。

「當然沒有啊！我又不是傻子。」Una 給了我一個你怎麼會不懂的白眼，「她要的不是我們做的那種諮商，她要的是矯正！我才不會浪費口舌解釋那麼多，她聽不進去的。」

「那你怎麼決定要聽她說完那些故事啊？」我拿出珍藏的楓糖鬆餅，用甜食作為Una辛苦燒腦的補償。

「我知道她要抒發焦慮啊！這一點，我還能傾聽，當然我也是盡力讓她知道，諮商也是可以協助她的——當然，也是被狠狠拒絕了。」

Una一面吃著餅乾，一面繪聲繪影地描述電話內容，活靈活現彷彿對方就在眼前。

「這樣吧！我直白跟你說，請你務必轉達，我父親在性上面真的有很大的問題，讓我們做孩子的極為困擾，要不是這樣，你以為我們願意走進你們那個……諮商所嗎！」十足的鄉土劇氣勢，Una說到這裡，嚥下了一嘴餅乾。

「『你們那個』！連『性諮商所』都說不出來。」她搖著頭：「嘖嘖，我說性諮商師真是無奈，性是人的基本需要，卻被這樣貶低，吼，我們是瘟神嗎？講成降！」

Una換了個語氣，「但真要開口，還是得克制一下對父親不屑的羞恥感吧！也真難為她了。」Una喝了口水，停頓了一下，「來囉！一口氣！」她開始原音重現，模仿電話那頭的連珠砲，陳小姐一口氣說出了許多具體事實，想要說服Una放棄界線。

「我父親……我父親，有一個長期包養的女人、會follow直播主給禮物花很多錢、還被我抓到去按摩店做……他是說半套，但誰知道？最糟糕的是，他會在家附近的公園跟年輕女人搭訕，我看過他在公園裡與女人聊天，還摸人家的手，好幾次！」再次加強音調強調「好！幾！次！！這樣你知道嚴重了吧！他都幾歲的人了，不趕快制止他，到時候變成騷擾犯就丟臉了。」

「趁她換氣的空擋，我趕緊問了幾個問題，」Una一副對自己的機靈得意洋洋的表情，「我問她有人抱怨或對老先生的行為提告嗎？」

電話中陳小姐停頓了一下：「沒有，」隨即以焦慮爆表的聲調補上一句：「是，還沒！有！！所以才來找你們啊！」

趁陳小姐換氣的空檔，Una追問：「那麼，先生的夫人知道這個狀況，而感到困擾嗎？」

電話那頭安靜了幾秒，聲音不似先前的急促與高亢。

「我母親……往生兩年了……還好……她已經……」陳小姐收住了嘴，「我是說如果，如果我媽在，我真不敢想像她會多傷心、多受傷。」有一種哀痛的氛圍瀰漫，彷彿回想起母親，會替她感到難過與無助。

但Una的下一句立馬讓她回到現實。憤怒，讓人感覺有力量！

「那麼，老先生自己對自己的行為有覺得困擾，或擔心自己會成為騷擾犯嗎？」

「他自己不困擾、不自制，才是我們的困擾！！」

Una 咋舌，「高八度的聲音只差沒有吼叫，呵呵，接下來換我激怒她了！」當時雖然隔著電話筒，其實我也略略聽到那情緒的波濤。

「那，是否你或你的家人們先來諮商，釐清父親的行為對你們產生了什麼樣的影響與困擾呢？」

呵呵，我搖著頭，「算你厲害！」這是一個專業的提議，但在這節骨眼上無疑是提油澆火。果然，電話那頭傳來怒火沖天的聲音：

「我諮商！？為什麼！！！有問題的是他！！！你是哪裡沒聽懂，是我父親這樣的行為是讓我們非常困擾！」擔心個管師沒有認知到父親的問題，她又再說明了一次父親的失態。

「老人還這麼……色……好，沒關係，也許你們比較開放，但第一，他金錢花費很多，包養的女人或是直播主隨便搔首弄姿就騙了他很多錢，如果遇到仙人跳怎麼辦？」

「第二，如果不趕快制止，這樣下去他會被別人怎麼看、怎麼傳？」

「第三，他有違祖父的形象，我怎麼讓我的孩子知道他外公是這種人，要我怎麼教小孩？」陳小姐咽了口口水，繼續再戰：

「我們知道他有性慾是難免，可是可以不要這麼誇張嗎？

「我們花很多時間勸他來找你們，就是希望你們可以讓他知道什麼是對，什麼是錯，不要讓我們這樣擔心。我好不容易說服他，他同意了，我希望你們能專業協助他。請不要模糊焦點，這不是我們的問題，他的性慾已經造成這個家的困擾了。」

電話那頭，陳小姐生怕個管不知嚴重性，繼續舉出例子證明。

「他那天說年夜飯他要去陪他包養的女人一起吃，還叫他兒子不要回家，說初二等姊妹回來再一起吃飯就好了！你不覺得太誇張了嗎？每天都有處理不完的狀況，我們要不斷勸阻他才行。如果不阻止他，到時候他被人騙，或被仙人跳，或是被告，該怎麼辦？我看他摸年輕女人的手，都覺得很噁心，我父親怎麼會是這樣的人！你趕快幫我約，我們全部的時間都配合，當天我會陪我爸去，確定他沒有騷擾你們心理師！！！」

「這部分你不用擔心，心理師有能力處理。」聽了這麼一大段，Una只平靜回了這一句。

「哼哼，」對方冷笑兩聲，嘲諷地說：「我可不想你們按警鈴！」不等回應，喀一聲掛斷了電話。

以冷笑、嘲諷表示對父親的不屑，用切斷電話表達對個管師不認同自己看法的不滿，這通電話真是張力十足啊！

「辛苦你了。」在諮商歷程中，Una 是我的好夥伴，承受家屬的各種情緒，多虧有她合作支撐起治療空間，不只給了當事人心理上的餘裕，也支撐了他們的家庭。

她雙手枕在腦後，仰躺在椅背上，伸了一個大大的懶腰。「小事，這種體驗可不是天天有。」然後隨手拿起身旁那包餅乾，在手裡耍弄著，露出耍狠的表情，「我也是演鄉土劇的高手，我辛苦的只是要克制自己腦子裡的各種對白而已！安啦，這，一包餅乾就可以解決的，呵呵！」她憐憫地轉頭看著我，「接下來換你奮戰囉！」她轉身打開電腦，看著我的行事曆，「盡快！！盡快！！」她模仿著陳小姐的語氣，「要約在何時呢？」

「週日吧！」

「公休日？」

「嗯，你幫我加班一下，得空出整個諮商所的空間來涵融這對『母子』的情緒張力。」愣了一下，Una 抬起頭來看我，我們同時發現了我的口誤。

「是有著母子動力的父女啦！」我搖著頭。

「呵呵，我可以說一個雙關語，只有性會讓你『返老還童』！」Una手一撇，露出此事已了，她要忙別的事了的送客表情，「你等著接招吧你！」

我走到書架前，隨意閱覽架上書冊的書名，每一本書，無論什麼主題，都明示或暗示著家庭對人的影響。

從陳小姐來電中展現的情緒張力，可以看出即便她年紀應該不輕了，仍然充滿對原生家庭的諸多期盼。

家人關係，是一輩子的關係修行吧。

無論年紀多大、無論身處何處、分隔多遠，家人之間都有隱形的線，牽動彼此的情緒、影響彼此的關係，更是塑造人成為現在的自己的起源。坊間關於家庭對人的影響的論述非常多，各種心理治療學派也都有各自面對原生家庭的治療哲學。

我是心理師，也是性諮商師。以上的思維，來自心理師基礎的訓練，而性諮商師的訓練，則讓我將視角更直視家庭。家庭，是性啟蒙的根源。家庭性教育，從來不是自家長開始擔心如何跟孩子談性的那個時刻才開始。孩子對性慾的好奇與探尋，也不是家長在夜晚將性慾鎖在臥房門中就可以解決的事。家庭中每分每秒所示範的待人、接物、處事的態度，所形成對人、對世界的關係，全都是建構孩子學習「關係」這個能力的基礎。與人、與事、與物、與自己、與世界建構「關係」的能力，是孩子「人格發展」的基礎，也是孩子「性發展」的基石。

也就是說，「性人格發展」從來不是在你發生性行為的那一刻才開始。

每一刻與性相關行為的樣貌，是前一刻「人格發展」與「性人格發展」的總和。

然而，這個社會關注各種「成就」的發展，卻不大關注「人格發展」，更從不關注貫穿人一生的「性人格發展」。我想起陳小姐那句情緒性的話：「如果不是因為我父親，你以為我會願意走進你們那個諮商所嗎？」我們的社會透過各式媒體，賦予性各種羞恥、罪惡、骯髒、禁忌的情緒，教人以質疑、批判的獵奇八卦眼光去評價自己所不認同的性資訊、性行為。我不怪陳小姐需要我、卻蔑視我的存在，因為這個社會從未教導人們好好地面對性的能力，從未教導我們好好談論、好好經營「性」，這件生命中即便你忽略卻「從未停止發展」的重要的事。

然而，性確確實實是生命的泉源。一個愉悅滿足的性經驗，能直觀地創造身、心、靈全方位自信、愉悅、滿足的體驗，所以常有人說性能讓人「返老還童」。然而，陳老先生為何在高齡的此刻變成了女兒眼中必須嚴格管束的屁孩？陳小姐對父親性行為激動的貶抑，激發了我十足的好奇心。這家庭有著什麼樣的關係結構，建構著每位成員的「人格發展」？從陳小姐童年、成年到中年的此刻，「性發展」這個議題在這段時間內對每位家庭成員的「性人格」結構，產生了怎樣的變化脈絡？我好奇這個家庭的「家庭性教育」的傳承，從陳小姐還是兒童時所接受的父母對性的觀點與行為，到現在父親垂垂老矣之時，為什麼變成由身為女兒的陳小姐來管束應該屬於父親成年私人範疇的性經歷？

家人之間，無論年齡、無論距離，那些隱形糾纏的線所組成的心理動力與性心理動力，我得來一一拆解。

在陳小姐眼中，是父親的「性問題」創造了她的問題。

但在我眼中，目前他們所經驗到的「不舒適狀況」所反應出來的，是家庭成員間沒有能力面對與處理「性」時，所產生的正常現象。

性諮商師的職責，就是評估當事人跟他的家庭在「人格發展」中因缺乏某種「能力」而創造出來的現況，接著再評估這一組人在「性人格發展」中因缺乏某種「能力」而創造出來的現況。然後再在這兩個發展脈絡中，巧妙地穿針引線，協助個案了解，你們不是不愛對方，也不是對方想讓你痛苦，而是由於缺乏各種能力，才造成了傷害、感受到隔閡。能力不足，學習即可。一旦能力增進，很多出於能力不足而產生的困境、瓶頸自然就會迎刃而解。

在陳小姐的言語中，無論是對金錢、法律或形象的現實考量，都內藏著許多沒說出口的性價值觀的評價。而且顯然父親對陳小姐所在意的那些事都有自己的看法，目前雙方正在角力，因此產生衝突，在我看來這是他們的關係必然且正常的發展。

「性」這件事，承載了非常多種價值觀，每種觀點對性都有不同的評價。價值觀創造了對錯，分別心激化了對立，對立激起了防衛，防衛造成了僵化，僵化導致關係斷裂。我們都知道維持關係需要能力，但其實斷裂也需要能力；更奇妙的是維持關係並不一定能促進關係，反倒很多時候斷裂所表達的是希望建立關係卻因為缺乏能力而無法建立，意思是雙方並非不要關係，而是沒有能力建立容納彼此的關係。

在諮商歷程中，採取「能力建構」的方法，可以跳脫因為價值觀不同而引發的「二元對立」窘境。在其中的人都必須看見，此刻的困境是因為彼此缺乏能力而共同創造出來的，而非在這裡質疑「愛」。

心理諮商跟性諮商，就是要協助人們全面地建構人生所需要的能力，因為有能力才有新的可能性，讓你跳脫舊模式的無限循環。

不過呢，能力無法標準化計量，要增進能力也沒有標準化流程，必須依照每位個案對這段關係的期望，使用他能夠學習、吸收的方法，來為他量身打造。能力增進後，個案在面對原生家庭時自然會產生新的應對方法，家庭中因能力不足所產生的各種心理動力與隱形的線，也會依著個案的希望產生變化，生活也自然有所不同。

這就是我所發展出來的「能力建構取向性諮商」的初始點。

從事性諮商以來，我看過太多撕裂與傷透了心的人們，他們在關係中因缺乏面對性的能力，拿起「以愛之名的正確價值觀大刀」，狠狠傷透了所愛的人的心，而這把刀，當然也砍斷了自己的愛。

長年的工作經驗讓我發現，我必須具備從二元中跳脫的能力。我訓練自己快速在價值觀對立前找到可以穿透防衛的著力點，在摸索的過程中，我發現「能力是中性的」，聚焦在能力可以跳脫對立，依著當事人的希望去鍛鍊、增進他的各種能力，同時在增進能力的努力中，讓彼此看見善意與心意。不過最後仍然由當事人來決定如何運用能力做出他心中「最好的決定」。無論結果是什麼，我們都知道，它的來源地不是「痛」，而是「愛」。

穿透「性」的迷霧，你會發現，每個靈魂最深的渴望是「被正確理解」。願我有能力得到他們的允許，協助他們見證正確了解彼此的歷程。

Chapter 1

冬日，暖暖的陽光，剛剛好地灑在樹梢，從諮商所的窗台往下看，這是個生意盎然的公園。早晨運動人安靜地在狹長的公園中來回慢跑，看護們陸陸續續推著輪椅上的老人出來，聚在一起，讓彼此都透透氣。坐在輪椅上的老人，看起來真的很老。我發現現在老人的年紀很難猜，人看起來是老、還是年輕，似乎不是因為年紀，而是因為心態跟身體狀態。

老男人與性，讓人聯想到的意象，往往不是像小鮮肉那樣挺拔與令人心動的感覺，而是有一種猥瑣與萎縮的骯髒感。我胡思亂想著，等等我諮商工作要面對的七十五歲老先生，又是什麼樣的老人呢？

是像公園中那些坐在輪椅上被推出來的，老態龍鐘的老人家？

或是，聚集在遠方、公園斜對角石桌邊上，一群穿著隨意、腰上圍著暖肚圍，看起來在下象棋的老先生們？

還是像我身體硬朗、健步如飛的爸爸？

就在我胡思亂想間，不知在什麼時候，最靠近諮商所公寓入口的圓形休憩石椅上，坐了一位上了年紀的男人，他精心打扮的穿著風格引起我的注意。頭上戴著灰白格子毛呢鴨舌帽、頸圍杏色喀什米爾圍巾、身穿駝色呢絨西裝外套，咖啡色休閒格子褲下，我好奇著他會搭配怎樣色澤的鞋款。他手中拄著有金色線條花紋的黑色拐杖，感覺十分悠閒地看著來往的人們。

老先生身旁坐著一位中年女士，相較於他，顯得穿著十分樸素不起眼。她不斷低頭滑手機，一會兒又坐直身體伸長脖子看向遠方，感覺十分焦慮。接著，女士抬起頭，起身走到公園走道的中間向前眺望，看來是跟她用手機傳訊息確認地點的人來了。不一會兒，右方出現了一位身穿黑色套裝、足蹬高跟鞋的女子氣喘吁吁地快步走來，後面跟著兩位男士，一行五個人圍繞著老先生或坐或站，滑手機、打電話，其中一位男士顯然發現這公園是抓寶聖地，開始進行抓寶活動。

九點三十分，Una 騎著機車來了，停在諮商所對面的停車格。當她打開公寓一樓公共大門的瞬間，除了老先生外，其餘的人都抬起頭注視著門開了又關——喔！我的個案，是這一家人！

「你看到了！」Una走進門來，看我端出大量的茶杯，「還好約在週日，確實需要一整個空間啊！」我倆相視一笑。

九點四十五分，電動門滑開，那名犀利的女子帶著莫名的氣勢登登登走進來，接著是老先生跟著扶著他的樸素中年女子，後面跟著兩位還在滑手機的男子。

不等我開口，女子開口了，語氣公事公辦且帶著武裝：「你是心理師吧，我是打電話過來約診的陳小姐。我查過你的資料了，也跟個管談得很清楚了，我相信你應該很明白我們來這裡的原因。」

「各位是？」我簡單地自我介紹，並想邀請在場四位家屬、一位當事人稍微表明身分。

但眾人還沒來得及開口，陳小姐直接接過我的話，「我已經跟你說過我是打電話來的陳小姐，我是家中二女兒。」她指著站在老先生身旁的那位樸素的女子說：「她是大姊，住離我父親家很近，大姊孩子都大了，也退休了，父親生活起居都由她看著。」

「你還要知道什麼？他是大姊夫。」她轉身指著另一位男士：「我們家老三，唯一的兒子，他太太今天加班，不然也會一起來的。」

最後陳二小姐轉向老先生，「這是我父親，他是自願來談的，你們開始吧！如果有任何不清楚的地方我會在外面等，可以隨時補充協助你了解。我們是希望爸爸跟你談完之後，你跟我們說明父親的狀況，確定一下治療方向。」

她示意大姊攙扶著看來不大需要攙扶的老先生跟我走，隨即沒等 Una 招呼就開始發水杯給每個人，順便示意大家坐下。但這整串流暢的動作在她發現我沒有移動腳步時中斷了，她抬起頭來。就在此時，我也決定好該怎麼做了。

「陳先生。」我轉向他們的父親，點頭致意。

「陳大小姐。」我看著老大，她有點不知所措地回我：「叫我美惠就好。」

接著我轉向大姊夫，「美惠小姐的先生。」大姊夫本來已經坐定，聽到我的問候又猛然起身，彷彿不知道是否該照社交禮節跟我握手似地，最後從上衣口袋掏出名片遞給我，「我姓張，弓長張。」

「張先生你好。」我拿過名片看了一下，點頭致意。

我又轉身向陳二小姐致意，「陳二小姐。」她冷冷回我：「叫我陳小姐就好。」顯然，她對於主席的位子被我搶走，已經做完的事又被我重做一次，感到不以為然。

最後我轉向這個家的獨子，他早已起身準備，遞上名片，「心理師可以叫我小陳，兩個陳先生有點難分，呵呵。」一旁的陳二小姐拿起手機滑了一下，顯示她認為這個過程完全沒有必要。

然而，這個過程對我未來的工作卻是非常重要的。這不只是一個諮商結構，更是透過我的介入，讓我對這家人互動的動力多一份理解；雖然，我表面上是跟老先生一個人工作，但家庭系統永遠不會讓我們置身事外。

我對大家微微點頭，連結了每一位的注意力。

「我先說明一下，我跟陳先生的談話內容是完全對陳先生保密的。我必須讓各位了解，如果各位來是為了等我跟陳先生晤談結束後我可以跟各位說明陳先生的狀況，恐怕會浪費你們等待的時間。如果我跟陳先生評估他的狀況需要各位協助，那麼我會在徵求陳先生同意之後，另行跟各位聯繫家庭會談的時間。」除了陳二小姐之外，其他三人都微微點頭示意理解。

在陳二小姐準備第二輪發言前，我跟這一家人略點個頭，轉身走向我現階段唯一的案主，「陳先生，我們裡面請。」我領著他往前走進諮商室，我彷彿看見身後 Una 抱怨的眼神——是她，得留在著這空氣凝結的接待室。

接下來就是老先生一進諮商室還沒坐定、跟我的關係都還沒建立，我就被他立馬拋出的問題轟炸時的無奈苦笑場景。

「老師，我只問你三個問題！」老先生連珠炮地說完，

「一、人幾歲應該沒有性慾？

「二、壓抑性慾會不會對身體不好？

「三、老人性慾應該怎樣抒發才對？」

我嘆了一口氣，苦笑了一下，「只有三個問題嗎？」

老先生點點頭。

「好喔，我們有一個小時，只要回答這三個問題，ok的，先讓我喘口氣吧！」剛坐定拿起水杯，一口水，還沒嚥下，「老師，你有氣喘嗎？」我噗嗤一聲，陳先生天兵的程度讓我差點把口裡的水噴出來。

「沒有沒有，我沒有氣喘。」看著我喝水，老先生也從自己的口袋裡，拿出一個像小酒壺般的、雕花非常細緻的翠綠色瓶子，旋開蓋子，瞬間茶香四溢。精緻的打扮，精緻的配件，把我從剛剛的家庭動力中吸引過來，我好想問他那壺哪裡買的，感覺是有故

事的壺子啊！

我一面欣賞壺子，一面解說諮商同意書中的事項，同時確定了稱呼彼此的方式，完成了基礎的程序。

「陳先生，讓我了解一下，在你們家，如果要看醫生什麼的，很習慣全員到齊嗎？」

「喔——」老先生彷彿突然懂了我說的喘口氣，「你說他們啊！是不會啦！我也常一個人看病。」他語帶歉意地說：「老師，剛剛不好意思，你不用介意，我家老二就是這樣，家裡的事都由她發落，我們都習慣了，她就是說話不客氣，但人很好啦！」老先生連聲安慰我，快速地以他自己的思維與視角跟我連結。

「原來如此，謝謝你跟我說明，我正在適應你家人的氛圍，沒能像你這麼自在。剛剛一進來我們都還沒坐下，你就問了三個問題，我需要稍微喘口氣調整一下我自己，才能跟上你的節奏。」

老先生露出有點尷尬的表情，喝了口茶，等著我發言。

「能否也讓我了解一下，你是怎麼做出要來諮商的決定呢？你覺得諮商是怎麼回事？你怎麼想像，或是，你說你只有三個問題要問我，這是什麼意思呢？」我連續拋出了幾個我需要知道的問題，但逐漸把語速放慢，調節到令他舒緩且能思考的速度，目的是從陳先生回應的結構與能力來評估他的思考邏輯功能，以決定之後我表達的方式與速度。

老先生沒有想太久，很自然地開口：「諮商啊！我老二是跟我說，就跟看醫生一樣，把自己擔心的跟醫生講，看醫生怎麼診斷。我是想說，心理醫生應該不是這樣吧！但也懶得跟她辯，總之，我知道她要我來做什麼。」我看著他，露出邀請的表情，鼓勵他繼續把這句話的意思講得更清楚，「哎呀，反正就是要我行為要檢點些，她很看不慣我啦！」

「看不慣……」我用疑惑的聲調邀請他做更多說明。

「哎呀！就是覺得我是色鬼又很豬哥啦！依我對老二的了解，我相信她早就已經把我的所作所為都講給你聽了。」老先生看著我：「老師，我們不用講那些啦，他們不懂啦。」

我點頭表示接受他目前設定界線的決定，「剛才我們還沒坐定，你就急著提出的那三個問題是……」

老先生把帽子拿下來，「真不好意思，有點唐突，我是怕自己說話沒有重點，把想問的問題記下來，怕忘記啦！」

到目前為止，老先生與我互動的方式，充分顯現出他與人連結的能力，無論是同理、解讀訊息、清楚表達自己、回應情緒的方式及邏輯掌握，都恰到好處。他的自如跟陳小姐的焦慮，實在是兩極的對比，引發我十足的好奇。

「好的，那我明白了。來，你想問的第一題是……人幾歲……」

「人幾歲應該會沒有性慾！」老先生快速接上話，顯然非常關心這個題目；他熱切看著我、期望我的回答。我做出思考的表情，也選定了介入與評估的策略。

「我來說說我的看法。性慾跟年紀沒有關係、也不只與性生理功能狀況有關，跟社會文化、個人經歷、性行為技巧與經驗都是有關的。」看陳先生的表情，他還沒有對複雜的語言失去耐心，我露出認真回答的表情說：「這個題目還需要定義，怎樣做，叫做完成性慾。性慾的表達方式很多，不一定只有想做愛/或自慰，才叫有性慾，慾望是很複雜的。你要不要更具體地告訴我，你想問的？」

大部分個案來的時候，都帶著他對性、慾望、性技巧，或是性行為中性別角色該有的表現等等既定的期待。我的任務就是依照對當事人的評估，鋪墊相關的知識、拓展他的視野、打亂他原先既定的想法，才會在個案大腦中騰出空出空間讓我工作。然而，這個技術的困難之處在於如何能在個案既定的思維中，不觸發他腦中的警鈴而能啟發他拓展思維，而最重要的是持續保持他對諮商關係的興趣，最好能喚起他對自己的好奇感！

我放進了一組訊息進他的大腦，接下來就等著他的回應來測試我的評估。

老先生顯然在努力地轉動他的大腦，抓著壺子無意識地把玩。

「呃……這……老師你講的是說，到死都可以有性慾？」

「可以這麼說。」

「你是說……站不站得起來跟有沒有性慾沒關係。」

「你是說能不能勃起跟有沒有性慾沒關係？是的，可以這麼說。」

「你是說……有性慾不一定要靠性來抒發……這個有點……」老先生很認真地思考著我拋出來的訊息。

「有點難理解，是嗎？」老先生點頭，顯然想聽解釋，我笑了一下。「這一點我等一下再跟你說明。你要不要先告訴我，原本讓你想問這個問題的原因是什麼？這樣讓我可以更精準回答你。」

「喔！」老先生突然回過神來，彷彿一時間忘了他提出問題的原因。「是這樣啦！因為我女兒一直說我老豬哥不正常，說她看過有些文章說有些病會影響性慾什麼的，還是擔心我失智、帕金森什麼的，一直要我去做各種檢查。我去做健康檢查，除了血糖有點高，其他都正常，我七十五了耶！你看得出來嗎？」老先生講到這裡，不覺得得意了起來。

我豎起大拇指，回應他的得意。「好喔，所以第一個問題解答了嗎？」我誠懇地說：「顯然你對自己的認識是，你還持續有著性慾，至少，七十五歲的你，有性慾是正常的！」老先生笑了笑點點頭。

「來，那第二個題目呢？」

「我差點想不起來了，第二個題目……」他眼睛一亮，「壓抑性慾對身體會不會不好？」

按照前面的經驗，我決定加入一些建構「性價值觀」的思考來引導他，看看老先生是否跟得上。「喔，陳先生你的問題都非常重要耶！讓我想想看怎麼回答你！」

陳先生顯然很開心我對他的問題的認同，更開心我認真看重他的提問。我不給簡單的答案，轉問題為探索，目的是為了鍛鍊他對自己好奇的能力。

「來，讓我拆解一下這個題目。」我表現出靈光乍現的樣子。

「『壓抑』這件事，」我用雙手食指與中指在空中做出引號的動作，「對身體或心理會產生的影響，主要要看壓抑的方式，不是壓抑這個概念。」陳先生露出快要跟不上的表情，「因此，壓抑性慾對身體或心理會不會『好』或『不好』，是沒辦法有簡單答案的。但我們可以討論不同的壓抑性慾的方式對身或心會造成什麼影響。」

老先生盯著我，露出彷彿聽到了什麼，又不確定自己懂了什麼的表情。

「來，我們一起來討論好嗎？」

老先生一臉好奇的神情，看來他已經忘記，就某個程度來說他仍然是被孩子逼著來諮商的。

「你知道一般人感受到性慾如果被壓抑無法紓解，會怎麼處理嗎？」

老先生露出想當然爾的不解表情：「就自己來啊！！」

「你是指自慰嗎？」

他點頭。

「自慰算壓抑！？」換我驚訝了！

「算啊！！」他斬釘截鐵。

「喔，好！」果然，關於壓抑，真是每個人的定義都不同啊！我也開始被激發著反思我的慣性思考，「也是啦，如果必須跟一個人發生性行為，性慾才算紓解，那麼不能跟人做時該怎麼辦？」

「就自慰啊！」老先生接過話：「有時候就是沒對象或是人家不要，那就要靠自慰來壓抑啊！不然老師還有其他方法嗎？」老先生很篤定地說明了他的想法。

「呵呵，就你的角度而言，確實『自慰』就是『壓抑』，但就我的角度，自慰是一個人的性行為，也是性慾紓解的方式，我的意思壓抑是連自慰都不做的話……」

沒等我說完，老先生驚呼：「這哪有可能啦！老師你講的是女生啦！女生比較不會想要，男生不行啦！」老先生露出不可置信的表情，顯然從來沒關心過自己以外的性的世界。

「顯然你很難想像，有什麼原因會讓人連自慰都不能執行。」老先生搖著頭，「比如有些宗教信仰是禁止自慰的，有些家庭灌輸給孩子『性很骯髒』的價值觀，男女都不能自慰，或自慰是不正常的，又或者身體上曾有過不好的經驗，比如痛苦的性經驗，都可能讓人對性產生複雜的感覺，因而連自慰這樣自然、正常的紓解性慾的方式都無法執行，必須全面壓抑。」

老先生認真聽完後，直搖頭，「這……這……不正常吧！」

我微笑著說：「一樣，正不正常，不是由局外人定義的，必須了解當事人用什麼方式消化自己的性能量、他自己怎麼解讀這個過程。」我停了一下，讓他消化他的震驚。

「每個人都是獨特的。你也是一樣。比如，你女兒覺得你不正常，但剛剛討論完後，你接納自己，更肯定自己是正常的。」這麼緩慢的進展，一句一句的澄清，目的是藉由個案自己帶進來的元素，拓展他的視野、建構他獨立思考「性」的能力。

老先生顯得十分困惑，「這個……老師……你這樣講也是有道理啦！」

看來還需要一點例子來幫助他解構正常、不正常的想法。「神父、修女？」我舉了顯然可見的生活化的例子。

「喔，也是。」老先生恍然大悟，不過這不表示他完全接受了新的概念、不會再以正常或不正常論斷他人，只是此刻大腦有辦法接受一個從未聽過的新資訊進入他腦子。

「我從來沒認真想過其他人啦，我自己是不可能。」老先生搖著頭。

「嗯。別人是別人，你是你，知道自己的狀況，比起評價別人，對自己的生活更有貢獻。所以你壓抑的時候會用自慰紓解。」我邀請他，「我們回到你的身上如何？你壓抑自己的性慾時會自慰，對這個部分有什麼擔心嗎？比如自慰過多？還是自慰的方法會讓自己擔心？」

老先生回過神來，很自然地陳述著：「我是一個禮拜會一次啦！以前比較多，現在體力可能比較差，一次也還可以。」聽來並不焦慮或困擾。

「那自慰的方作法？有擔心的部分嗎？」

「我就很一般啦！以前看看Ａ片就嚕一嚕，現在有那個直播小姐……」

「按摩加半套？」我加入一些諮商室外得到的訊息，主要是因為他了解二女兒必然會說出他的情況，我此刻揭露訊息是為了評估他對隱私被暴露的感受，是否真如他剛剛描述的不以為意。

「她連這個都跟你說啦！」他搔搔頭，不好意思地笑，「有時候啦！沒有常常，老人也要跟著時代進步嘛對吧！」他有點羞赧地尷尬，卻也理直氣壯地開玩笑。

「那現在，你還會擔心你看Ａ片或直播自慰，或是購買按摩店小姐的半套服務，來紓解無法跟別人發生性行為的遺憾，是否會對身體不好嗎？」

老先生笑出聲來：「老師聽你這樣講，我怎麼突然覺得我很幸福啊！呵呵，還好我老杯老木沒有信什麼宗教，要不然，我應該會很慘死。」老先生有一種輕鬆與開心的感覺。

「好喔。那要來討論第三個題目了嗎？」

老先生想了一會兒，「不好意思，我看一下小抄。」他從口袋拿出一張皺皺的紙片，小心地打開，「第三個問題……好像剛剛已經回答了。」

「沒關係，你念出來。」

「就是，老師你有建議老人有性慾時要怎麼辦嗎？」

「你的方法已經很豐富了啊！」我們倆相視一笑，「但我還是跟你討論一下好了，一般來說依照老人身體不同的狀況跟需要的程度，有不同的作法。」

他露出好奇的表情。

「比如你，你知道自己有想跟別人做愛的需求時，也剛好有機會、有適合的對象比如超過十八歲，她也願意的話，你就可以跟她發生性行為。但如果因為各種原因辦不到，比如她不想，你就可以自慰紓解。這是你的狀況。」他點頭表示同意，「但另外一個人，可能他感受到性慾的時候，身體不一定能依照他的期望表現，所以他必須調整對自己身體舊有的認知，學習接納自己身體的狀況，找到適合的，也就是可以執行的或是身體可以負擔的方式，去照顧自己。比如，有些人會自己撫摸或是邀請伴侶撫摸身體或生殖器官、讓自己能體驗性或親密的感覺，不一定要到勃起或進入或是高潮。因為對某些人來說，勃起、進入，或是達到高潮，這個過程有時也是很累人的。有些人可能轉個念、學習新的事物、感受新的刺激，也就把性的能量轉化過去了。每個人都有照顧或面對自己性慾的不同的方式。」

「呵呵，老師說的是昇華嗎？我更老以後，可能就要學習老師說的這些了。」他隨口回著，聽起來並非認真覺得昇華跟他的未來有任何關聯。

「意思是，很滿意自己的體能與身體狀況，還能依照自己所希望的來享受性或自慰。」

「老當益壯！」他顯出得意洋洋的表情，緊接著說：「老師我還有問題想問你。」看他一副意猶未盡的樣子，我想老先生不只好奇自己是否正常，在這個討論過程中，顯然有一些新的體驗在他腦中、心中、感受上發生。

「好，我們先暫停一下，先輪我問幾個問題，再換你好嗎？」

老先生眼睛一亮。「好喔！好喔！老師你有什麼問題儘管問，我知無不言、言無不盡。」老先生顯然談性談開了，十分地在當下。

我笑著說：「好的，是這樣的，在這四十分鐘內，從跟你的互動中，我感受到，你對於性是十分有活力的與好奇的。我發現你提的三個問題，是從你二女兒對你與性相關行為的質疑與評價而產生的困惑。我們進來之前，門外四個家人對你的性行為關注的程度，好像沒有造成你的困擾。我想知道你怎麼看待這件事，還有答應來諮商的原因跟想法，這樣我比較知道，我們該朝哪個方向進行。」

「還有可能有哪些方向？」老先生好奇的是未來。

「你先回答我，你怎麼看你的性行為跟你的成年孩子的關心。」

「哎呀！這種事，很難溝通啦！哪個父母能跟孩子談自己的私生活的啊！」他回到現實，嘆了口氣，拿起那精緻的壺，喝了口應該已經冷掉了的茶。「原本我想的是，我們都很老了，不一定要以家人相稱，綁在一起。他們看不慣我，大家各過各的反而自由。但是她就是愛唸我、愛盯著我，讓我很不自由，三天兩頭跟我吵。」老先生苦笑，「沒一天安寧的。她說怕我這個病、那個病的，我其實已經配合她去看了很多醫師，做了很多檢查，雖然知道沒必要，但沒關係啊！她要付錢，我又沒損失。」看得出老先生雖然無奈，但也盡量照顧了二女兒的需要。

「但老二提出要我來看心理醫生的時候，」他露出有點羞赧的表情，「不好意思吼，原本我是拒絕她的啦！我一直配合她，醫生檢查都說我沒病，竟然要我看心理醫生，也太超過了，把我當瘋子嗎？」他回想至此，激動了起來，音量是這一小時裡最高的，「啊！不好意思，老師，我沒有對你不敬的意思喔！後來她把你的資料、線上課程、報導都找出來給我。」老先生眼睛因為好奇而亮了起來，「我還不知道有人把性當成這麼專業的工作呢！」

「所以是你自己想來的，」我點點頭，笑道：「感覺你充滿好奇。」

「是啊！我想知道什麼是性諮商？」

「那現在你知道什麼是性諮商了嗎？跟你想像的有沒有不同？」

「我覺得很有趣、很有趣，這些問題，都沒人可以好好講，能跟你討論，很有趣，原來可以這樣……」

我跟老先生討論了一下今天進行的方式，核對他的感受與釐清他的期待後，向他說明未來進行的方式，目前他可以想到什麼就提出，讓我多跟他互動、了解他的想法，作為評估，他也可以慢慢思考他能從我這邊得到什麼。

老先生顯然不在意我所在意的諮商功效什麼的，「沒關係，老師覺得該怎麼做就怎麼做。啊！外面那群，你不用管他們啦！」老先生揮著手，「我就不相信他們比我有空。」老先生一副看他們能盯我多久的意思。「你放心，他們自己問題也很多。我倒是要叫他們也來諮商，諮商很好啊！有益身心。」

老先生打著哈哈地站起，起身、行走都非常有力。我把他進門時隨手掛在門把上的拐杖遞給他，「不用啦！我強壯得很。」

「那拐杖是？」

「呵呵，打狗，我很怕狗。」他自顧自地開門走出去。老先生面色紅潤、神清氣爽，倒是外面接待區的三位倒的倒、睡的睡、滑手機的滑手機。老先生拋下一句：「走啦！」不等孩子們的反應，頭也不回地走了……

美惠急忙起身跟隨老先生，攙扶他下樓。

陳二小姐從包包拿出費用跟名片，交給個管師。「開公司名統編。」隨即轉身問我：「心理師，剛剛怎麼樣……」

我拿出諮商同意書，「保密！」

「但你要重視家屬的話啊！他沒有病識感，覺得自己很正常。」她滔滔不絕說起上回已經跟個管師說過的訊息。

我等她說得差不多了，才開口：「我可以理解你們對所關心問題的看重，」我轉頭望著兩位男士，他們似乎十分不知所措。

陳小姐繼續發號施令，「心理師在問你們，爸爸的情況有多嚴重。你們講給他聽啊！」一面接著手機來電，「好啦！好啦！你讓他在公園坐一下。」顯然來電者是美惠，「你趕快上來，心理師要問爸爸的狀況！」她打開通話擴音模式，顯然要所有人包括美惠，都參與這個過程。

「心理師，我爸爸是什麼問題？」她又問了一次。

我平淡地說：「我可以理解你們對父親對於性的行為，不如你們期望而產生的焦慮，但保密對諮商效果是重要的。」

「心理師，這不是焦慮，這是真實產生的問題，你要保密沒關係，但你要聽家屬的心聲，才能有好的治療啊！」

二小姐沒等我講完，連珠炮似地再次重複電話中說過的話。兩位男士不敢滑手機，急奔上樓的美惠也悄悄地站在一旁。十分鐘過後，陳小姐訊息中反覆重複著的，是無人了解、也安撫不了的痛。

「我聽到了妳父親的行為與妳期待落差造成妳的痛苦，大概有幾個重點，一、性，二、騙錢，三、丟臉，四、怕犯罪，即便目前妳也知道父親沒有侵犯史，五、母親才過世兩年，這幾點幾乎占滿妳的心智。我可以理解妳因為痛苦所產生的行為反應，但為了諮商的療效，我必須保護陳先生與我的晤談空間。」我把聲音放軟，「如果我評估有需要，在適當的時候我會為你們推薦家族諮商，協助全家人把這其中的痛苦以較有效率的方式來處理。我也可能會徵求全家包括你們父親的同意，讓兩位治療師可以交換資訊，如果我評估有必要這麼做，而且這麼做會更有效率的話。」

我站起身，「辛苦了。」

個管師 Una 也趕緊起身開門，示意他們該離開了。

除了二小姐之外其他人立刻起身，紛紛對我說：「謝謝心理師，我們回去想一想再麻煩你。」看來三個人都接受了我的說明，全部人都到門口了，只有二小姐仍然以董事長的姿勢坐在沙發上，時間彷彿按了暫停鍵般停了下來。門口的三人往內看，我望著窗外，她則凝視著不知何處。過了一會兒，她雙手拍了一下沙發站起來說，「希望心理師好好處理，如果問題沒有改善……」我腦中接上「我就拆了你的招牌」，還好我沒招牌！

「別說了」，小陳說話了，「走了吧！心理師已經說得很清楚了，我們占用心理師很多時間，抱歉！」

二小姐不情願地走出門。門關上後，從走道上還隱約傳來「都是我在關心，你們呢，你們都不在乎是吧！好啊！」的聲音。眾人逐漸走遠了，但從揚起的聲調，我知道即便對話中止，這一家人仍然不會好過。

終於，諮商所回到原先的寧靜。

但回音的餘波仍然在空間中環繞，Una 跟我說老先生已來訊息約好了下次時間，並請她代為轉達：「辛苦老師了！下次他會自己來。」

近午的冬陽占滿了接待空間，緩緩將剛剛凍結的能量融化。時鐘才指向十一點二十分，我卻覺得像過了一整天那樣長；不是度分如年，而是滿滿的動力與資訊已經充滿在這短短的交會中。

Una 邊收拾桌面邊說：「要不要去吃麻辣火鍋暖暖胃？」

我搖搖頭，身體裡承載著這家人滿滿的能量，雖不是熱量，卻一樣要點滴消化。

Una 離開了，我一個人慢慢地咀嚼著這家人在那通電話與這次見面中所傳達的諸多訊息。

這個家庭，有種說不出的哀傷。那位沒出席的家人，也是老先生合法的性關係對象——妻子與母親角色——在這個家的動力中產生明顯的影響。不知道是出於什麼需求，老二變成了代替母親約束父親的角色，而老先生對於性的好奇與需求，是在這個年紀才發生、或是妻子往生後才發生，抑或他的行為一直造成家中困擾的常態，都代表著不同的心理意涵，也對這個家庭產生著不同的影響。

我不禁好奇，這個家裡，原先存在著什麼沒說清楚的、關於性的故事？

而老二緊抓著姊弟、姻親，支撐著自己的正確性，除了強烈表達出對父親濃烈的情感外，背後是怎樣的父女關係，讓兩人都在垂垂老矣的年紀，仍然像鬧脾氣的情人一樣不放手？

老先生談到性時，彷彿學生般努力吸收。在三輪問題中，我逐步檢測他的能力與跟上的速度，顯然性是老先生有興趣的話題，他努力地跟上我，嘗試開放自己的想法經驗，也願意在性上面有彈性地吸收我提供的觀點。這樣的年紀能有這樣的反應，實在不簡單，「找到熱愛、投入學習」確實是保持年輕活力的妙方。只要保持他學習的興趣，我自然會在適當時刻會聽到我所好奇的這個家庭的感情與性的故事。從他立刻傳訊約診這一點看來，我確定以提問跟他建立關係的方式，很適合他。我接近他的速度讓他能有掌握感，而觸碰他內心的時機，能依著他在跟我談性主題時的步調，由他自己慢慢開啟。

陳小姐的情緒，除卻我不知道的故事外，是很容易理解的。這個社會尚未有能力面對老人的性，忽略與鄙視是常態，特別是老先生目前正在走向世俗眼中的老不修、老豬哥、猥褻老頭的形象。姑且不論這個家庭的複雜動力，當女兒/兒子目睹父親變成自己年幼時曾被叮嚀千萬不要靠近與大意的性騷擾典型形象，確實是很難消化的衝擊，更何況自己還要帶領孩子面對這樣的外公。

然而，如果社會無法面對老人的性，那到底該壓抑誰的慾望呢？

突然，腦中閃過陳小姐那句「如果不是我爸爸的問題，我才不會踏進你們這樣的諮商所」。我也聽過母親帶著孩子到性諮商中心就診時，說過類似這樣的話。陳小姐今天的反應像極了出於對性的焦慮，想掌控並指導心理師諮商個案的家長跟老師。大人對小孩擁有監護權，成年子女對逐步失功能的年邁爸媽也有照顧責任；因著後者這樣的角色，在面對性的焦慮時，親子位置倒向循環。

然而，性慾，真如洪水猛獸嗎？

不。

是沒有能力面對性，與沒有能力認識你最親愛的家人，這兩個難題加起來，才使得家人面對性時異常困難。而麻煩的是，人可以想辦法逃避與忽略「性」的發展，但「性」這議題卻無所不在啊！

諮商所前是一個親子友善公園，孩童的嬉戲玩鬧聲在沉靜的假日午後顯得格外響亮。每天在這裡出入的家長可能不知道，在離公園三分鐘路程處，就有提供親職性教育的諮商中心與成人性諮商與性健康中心，即便知道了，也會覺得自己不需要吧！真可惜哪，這麼好的資源就在你身邊！

我想我得請助理在公園中發送傳單，說明性教育的重要性。好點子！

Chapter

2

「我看老師也不是嚴肅的人，我穿得比較休閒想必老師你也不會介意。」老先生今天一身打高爾夫球的全白裝束，配上英國紳士風的菱格紋背心，拎著帶有滄桑質感的咖啡色皮質公事包，看上去休閒其實是精心裝扮，喔對了，鞋子，那雙鞋可是非常高級的休閒鞋。我不禁想，如果對性、愛仍興致盎然的老先生們都這樣注重外表，那肯定會一改色老頭的形象，大大影響小鮮肉的市場。

老先生今天進門後熟門熟路的，忽略了Una直接走進諮商室，一路輕鬆地聊起他今天的穿著，表達來見我的自在。

我關上門，隨口寒暄了我的好奇，「無論休閒或正式，您穿著包括配件都很有品味。您一向是自己打理還是交給造型顧問？」時尚是需要長期培養的，通常丈夫的造型顧問都是妻子。然而，老先生是高階主管退休，有造型顧問協助穿搭也不無可能。

嗯……隱隱飄來濃淡適中的檀香古龍水味。

擦香水是一門學問，除了個人的喜好，還得考量所在的空間變化。比如個案今天是要來密閉的諮商室，但卻灑上適合戶外的氣味強度的香水量，那麼他會渾然不知他的香水氣味攻擊了我，且這氣味完完全全佔據整個諮商空間，甚至還延續到下一個時段。以潛意識的觀點來詮釋，可以說這是個案想佔據心理師，並提醒下一個個案「他」的存在。香水味，確實是一種劃分地盤的行為，無論是有意識或是無意識的。我想起許多伴侶都是因為對方身上有不屬於自己的味道，而發現了外遇。

不過也不能以偏概全，許多人只是不懂使用香水的禮節，嗅覺神經因為長期使用香水而鈍化，渾然不知身上香水味對他人的影響。我想起多年前曾與一名灑著 Dior 毒藥香水的女士同車，我的胃足足翻騰了兩小時，一到目的地，我立馬奔吐。從此，我對任意佔用空間權的香水使用者十分反感。

上次晤談，他沒有擦香水。那麼今天的香水，在訴說些什麼呢？真是太令人好奇啊！

一回神我突然發現，老先生遲遲沒有回答，我等候了遠超過一般的時間長度。老先生眼神沒有對焦，好像在思考什麼。彷彿他隨口說了句社交性語言，本無意往下探究什麼，卻被我的好奇觸動了深藏的記憶。

「想到什麼了嗎？」我打斷他內心的時空，試探地邀請他，避免他在與我的關係尚未建立到他能相信我、同時我也能協助他長出能力承受痛苦之前，就面臨必須在毫無心理準備之下揭露的窘境。我若不打斷他，再等下去，如果他不願說出那個拉他去某個時空的往事，那他就得自己想辦法掩飾自己暴露了內心的舉止，防衛我可能的懷疑與探問。

男人的性慾與女人的痛苦，常是來到我諮商室中的糾葛典型。當伴侶在性行為時不舒爽、男性性行為的頻率低於伴侶期待、性功能不如伴侶的希望，或是發生外遇時，男性多半會被怪罪、被期待是該負起責任的一方。

而為了養出男子氣概，男性不被允許、不被鼓勵向人求助，因為求助代表「不行」，在性上面更是如此。「你不行」這句話深深刺傷男性的性自尊，這動力不只是一個原生家庭對一個男孩的影響，更是這社會所塑造的氛圍：「要像個男人！」

個性，要像個男人！舉止，要像個男人！成就，要像個男人！性，要像個男人！全面性的壓力讓男性學習到以逃避、虛與委蛇、推諉、怪罪、攻擊等各種防衛來轉移面臨被質疑的窘境。

「喔！」老先生突然回過神來。

「剛剛想到了什麼嗎？」我溫柔地輕聲再次邀請，確認老先生的意識狀態。

「沒什麼，哎呀，這……很難講清楚啦！」老先生隨即低頭打開公事包，拿出一本筆記本，「老師，我有記錄我想問的問題。我要一題一題唸，還是一次唸完，請老師先看看。」他把本子推向我，表情十分認真，彷彿在學一門極重要的學科。

「好的，我了解了。我們馬上來討論。」感謝他觸碰了自己的內心，也感謝他知道自己還沒準備好，讓我可以為他的開放再做預備。

我接過本子，「我一邊讀，你一邊說說看上週離開這裡後的狀況。」

「很好啊！我這禮拜有空就在想我有什麼問題要問老師。」

「那很好，跟孩子們呢？」

「你說老二啊！沒事啦！我跟她說，老師很專業啦，我們談得很好，叫她不要一直煩老師。」他露出狡猾的笑：「嘿嘿，老師，我是用拖延戰術啦！爭取時間、空間，我跟她說，治病都需要時間、沒有特效藥，我知道她在乎的事，但總要給老師時間來治療嘛！對吧！」

「那她接受了嗎？」

「半信半疑吧！反正，她也拿我沒辦法。」苦笑了一下，「總之，你知道我們家老二的，她撂了幾句狠話，總算是給了我幾天清靜。」

我翻開本子，老先生字跡清秀，寫了八、九個提問，都十分技術性，感覺很像各種媒體常下的標題：

「如何讓女人對你有興趣」

「如何讓女人自己想跟你做愛」

「如何讓女人高潮、很爽的高潮」

「如何讓女人二度高潮」

「如果中間冷掉要怎麼辦」

「如何讓女人自己很想要」

「……如何讓女人……」

他傾身向前，感覺十分熱切期待我的回應。

「這些問題，需要的都是很高段的技術呢！」我回應了我的看法，一面把本子還給他。

老先生彷彿找到救星似的：「是很難對吧！我看 A 片時會記錄一些重點，但做起來就不如片子演得那麼順利。感覺效果就沒有到……」老先生有如遇到知音般開心，侃侃而談。

「我們一起來討論，比如說第一題，如何讓女人高潮、很爽的高潮，說說看你面對的狀況。」

「其實老師你知道，我現在是能站也能射，但有時候，就不一定……哎呀，不像年輕時那麼能掌握，但大家在一起是要開心，總不能因為我的關係，掃興。我是想，如果我會多一點撇步，對女人家來說也才對得起……」

「所以題目應該改成：『如何在性行為中遇到勃起消退的狀況，仍有能力持續協助女方享受高潮』？」

「這樣講好像比較清楚，呵呵，對啦！」老先生拿起筆記本，準備做筆記的模樣。

「要回答這個問題，我先需要知道相關訊息，才能給你更精準的答案，減少你之前所經驗到的挫折感。」

「好喔好喔，你問我，我知無不言、言無不盡。」

「我先列出我需要知道的訊息，你聽聽看，有沒有什麼疑問。」

老先生熱切地點頭。

「我需要知道你與發生性行為的對象是什麼關係？兩人認識多久？有日常的關係嗎？關係如何？我還需要一個你與她典型的性行為模式，還有彼此在其中的感受與反應。告訴我這些，讓我協助你在學習這一題時有個基礎輪廓。」

老先生的熱切似乎被這麼多題目澆熄了，「齁，老師，你該不會覺得一定要男女朋友、結婚才能性愛吧！知道這麼多、認識多久什麼的是要幹嘛，現在有些女人很開放，我什麼年齡了，又不是要包二奶，談什麼感情啦。」顯然在老先生的認知裡，性愉悅只是技巧問題。

「我會這麼問，因為你提到模仿Ａ片仍然無法達成你希望的狀態，意思是性技巧很重要，但實際上做起來會發現，背後有些你所不知道的因素在影響技巧。」

老先生嘟囔著：「我以為你會教我技巧。」

「我問這些問題，就是要找到最適合你們的技巧啊！你的題目都對焦在讓女伴開心，而且你不只要做，還要做到對方爽歪歪的，不是嗎？」老先生猛點頭。「性的滿足不只是刺激身體或三點的技巧，更重要的是能夠掌握心理狀態，每個女人的身體與心理都非常奧妙，要讓不同的女人愉悅，沒有ＳＯＰ的路徑。」老先生出現恍然大悟的表情。「我若沒問你跟對方的關係、對她有多少了解，才是我不專業呢！會打架跟會武功是兩碼事。」

老先生點頭如搗蒜，「老師，你問，我知無不言、言無不盡。」遲疑了一下，

「但……如果不只一個……女人呢？」

「你是說同時多人，還是你有不同的性伴侶或交往對象？」

「哎，老師，多人……我體力可能還要鍛鍊，我是說，我的相好。……性伴侶。……不只一人。」

「那就都拿出來討論啊！」

我伸手拿回他的筆記本看了一下，「這些題目都是為了你的相好性伴侶們的努力嗎？」

他點頭，「我年紀不小了，總要有些值得人家跟我的理由。」

「那我們就一起討論吧！」

老先生聽了大喜，迅速在引導下給了我相關的資訊。

我跟他進行了不涉及過多私人訊息的、一般來說以他的年紀與身體狀況，面對這幾種狀態的討論，並且列表分析。

對象	關係深淺	關係目的	性上面希望達到	需要增進的能力
隨機認識	一次兩次	搭訕、好玩、新鮮	沒特別目的，就開心有趣	建立 (1)調情關係的心理歷程掌握 (2)解讀情緒掌握能力 (3)口語與肢體創造吸引力與情緒張力的能力 (4)設定界線的能力 (5)確認意願的能力
直播	在一個固定的平台隨意點閱	好玩、想要被注意到、看有什麼新花樣	有時用來自慰	(1)花錢送禮的被操弄心態與自己得到的爽度評估衡量 (2)運用直播達到的目的
固定按摩店小姐	認識一年多	除了自慰外的穩定選擇	還希望能有更滿足的享受、勃起狀況有時不穩定	(1)在過程中了解自己整體反應的變化 (2)注意會影響自己感受的環境、行為、情緒與思想 (3)學習在被服務時，表達自己的需要而能更增進被服務的享受

喪偶獨居的女士	認識一年多	互相照顧、陪伴彼此	目前還沒發生性行為，希望能學習很多技巧能讓她舒服、愉悅、滿足	(1) 建立長期關係的能力 (2) 在關係當中引發性慾的多種方法 (3) 在關係當中邀請性關係的開始 (4) 第一次的準備 (5) 性行為中會遇到的與性功能有關的各種狀況 (6) 如何能保持在性行為的歷程中處理狀況而不讓彼此尷尬

老先生大悅，筆記本上的表格記得滿滿，「哎呀！老師，要是早認識你就好了，你的工作實在太棒了。」

我微笑說：「你告訴我，今天到目前為止，你從這個討論學到了什麼，或是了解到什麼？記得，我們還在分析階段：建立分析習慣是為了讓你練習把性的視野拉大，不侷限在性技巧。」

「今天跟老師這樣討論，對我幫助很大。我一直以為是技巧的問題，沒想過要弄清楚自己在想什麼才是重要，按照不同對象、解讀對方的不同需要、還有我想從這些經驗中得到的，才能知道自己要學的是什麼。呵呵，這樣比較有方向感，不會搞不清楚狀況又進退失據。」老先生很開心，展現出離開這兒就要大展身手的氣魄。

「那很好，你了解到『性』不只是原始的衝動與行為而已。但今天只是一個輪廓性的討論，我會更細緻地幫你掌握其中的能力。」

老先生露出沒想到性諮商有這麼多功用的表情：「老師，你的工作太有價值了。」

「所以，不急，慢慢來好嗎？我希望你之後每次性經驗都能有正向體驗，而非莽撞的嘗試，只累積出挫折跟負面評價。」

我拿起筆，在他的表格上多加了一欄，「其他人的觀點。」

「這個？」他疑惑地看著我：「是什麼意思？」

「性愉悅是你自己的事，但很遺憾的，無論是法律、或是與你、與對方相關的人，都有可能對你或你們的行為有不同的看法。」我停了一下，等待他從興奮轉到現實。

「這並不是說你必須因其他人的觀點而放棄自己想追求的，而是評估完之後知道如何處理，讓你能更好地掌握愉悅所引發出來的連鎖反應。」他皺著眉、撇過頭，一副興趣缺缺的模樣。

「……拖延戰術？二小姐跟你關係中的緊張？」我指出離開諮商室之後，他要面對的現實。

「哎呦，我已經很老了……」他抱怨著，想說服我他不知還能活多久，沒時間管孩子怎麼想。

「我了解，但陳小姐對你的性行為形成很大的壓力，而且不只是心理上的，也有實質上的作為，除了不斷要求你就醫以外……」

老先生嘆了口氣，自己接上話，顯然他回到現實了：「她是有到按摩店前堵過我。」

「我猜最近你開始有被跟監的感覺。」

「可能是老二要求吧，老大最近幾乎到哪都跟著我，實在太超過了！」

「這對你想追求與體驗的性冒險，不會產生影響與壓力嗎？」

「實在是，這麼老了還要被管。」

「我把這一欄放著，只是想告訴你，這些也會影響你的性感覺。」老先生流露出無奈表情，他想忽略我的話，卻也明白確實無法將孩子們的觀點拋諸腦後。

他不理我了，拿起記事本，戴起眼鏡複習，用手指描繪一下我非常潦草的字，確認每一個字他都看得懂。

這一段對話，該停在這裡了，此刻不宜追深。

我放下很多想前進的方向，在心中衡量著：老先生委託我的目標，與我內心想完成的目標，以及要協助他建構的能力：也就是對自己、對一生、對重要關係、對自己整體性發展的歷程有更完整了解，這些是老先生不知道卻能達成他的目標的關鍵重點。

然而，如何在他所希望的進度與我的專業之間最起碼是取得平衡，更進一步則是有效率地以個案希望的方式進行，同時在不知不覺中巧妙達成心理師專業評估所需達成的治療——這需要資歷、經驗，以及非常、非常地敏覺於每分鐘正在發生的事。

我伸手示意他把筆記本再讓我看一下。

「我們今天探討的這些技術，不一定會在長期伴侶關係，比如你跟妻子的性關係中，有那麼迫切的需要。因為伴侶在一起久了，因著默契、習慣或公式化，會讓人忽略需要繼續學習性。」我謹慎地把妻子放進談話的氛圍中，「但這些卻是偶遇、短暫的性伴侶關係中，很需要的能力，因為沒時間與機緣磨合，如何快速掌握彼此、取得自己想要的感覺，就非常重要。」

我等待老先生的回應，他看著筆記點點頭。「我感覺，這對你來說是很新的學習。之前，並不需要用到？」

「是啊！我跟老婆是初戀，這兩年我發現跟老婆以外的人，覺得很卡、有各種狀況，所以才想來請教老師。」

「你的意思是，老婆在世時，你們的性是一對一的關係？也就是沒有外遇或性交易什麼的？」

老先生陷入猶豫，眼神再度失焦，彷彿在思考是否要說更多心底話，冒險改變他原本對諮商與對我所設定的界線？

我等著，由他決定。開場討論穿著時，老先生潛意識地給出了讓我觸碰內心的機會，四十分鐘之後，他又回應我的邀請，給了第二次。在那心底醞釀著、期盼著被聽到，渴望被釋放的是什麼樣的心情，又有著怎樣的故事呢？

性充滿了禁忌，卻是性諮商師最好的治療工具。

性諮商師的任務是創造各種機會，讓個案決定他要怎樣看待「性」。可以只是性技巧的精進，也可以是透過每段與性、與關係有關的經歷，重新認識自己；也可以是期許自己有能力重新建構性價值觀系統，體驗主宰自己的人生，享受到力量與自由。

從跟著個案細細討論性行為當中的各種感受，具體增進他所期盼達成的性行為狀態所需的各種能力，性諮商師協助個案同時增進性技巧，也讓他學習建構那些性技巧無法解決的關係動力問題中所需要的能力。對我來說，無論個案的目標是什麼、會走到諮商歷程的何處，我都不會放棄任何可能性與機會，來協助個案重新詮釋自己。

也因為性是禁忌、是不足為外人道的「故事」，即便主角想永遠把「性」關進潘朵拉的盒子，鎖進不見光的內心黑洞，然而「故事」彷彿有其自由意志，總是等待著可以流瀉出來、見光的出口，尋求能被正確聽懂的機會。

停頓了很久，他嘆了口氣。

「外遇嗎？」

老先生決定說了，「三次，老師沒想到我年輕就是豬哥一名吧！」話說出口，反而有種釋放的輕鬆感，老先生往椅背一靠，直視著我，分不清臉上的笑容是自嘲、還是自暴自棄的貶低。

然而他並不需要我回應，也非真正擔心我是否評價他，而是迅速把事情講了一遍，顯然想快速帶過，彷彿他並不知道說這些有什麼用，但話在嘴邊了就草草給我一個交代。有點像是，交了新朋友，如果感覺投緣，總要揭露些祕密來確認關係。

「我說過我跟老婆是初戀，戀愛沒半年就有了老大，怎樣都得娶她……這樣說也不太公平，但老師你知道我，我很看重性，年輕時玩心很重……是有過幾次婚外……哎應該說情還是婚外性啊！總之我是沒認真，反正就是性嘛！」

我也跟著快速搜集我需要的資料，「有被發現過嗎？」

他點頭，「第一次，應該是她懷老二的時候。」

「是怎麼被發現的？」

「那一次啊，是外遇那女人到家裡來吵要名份，我老婆才知道的。」

「哇，這個有難度，這要怎麼解決啊？」

「我老婆很厲害，對方鬧，她鬧更兇，哭天搶地還拿菜刀，說要殺孩子再自殺，把那女的嚇壞了，再也沒跟我聯絡。」

「那一次是怎麼了結的？」

「她要我跟她去她家神明桌前跟她爸媽發誓，絕對不再犯，才了放過我的。」

「那第二次呢？」

「第二次啊！第一次結束我是乖了很久，頭一次知道我太太可以瘋狂到這樣。」

「大概發生在什麼時候，老三出生了嗎？」

他想了一下，「第二次是老二滿五歲，老三兩歲的時候。」他用手指比劃著，「算算我是也忍了四、五年，呵呵，就自己賤，應徵了太漂亮的秘書，心癢難耐。」老先生搔搔頭。

「這一次怎麼發現的呢？」

「就在辦公室胡來的時候，被撞見。」

「被太太親眼？」

「嗯……她帶孩子來公司找我。」

「這次夫人怎麼處理，也大吵嗎？」

「她這次有哭也有吵，但沒那麼誇張了。沒多久她拿離婚協議書丟給我，要我先簽好，說這次看在三個小孩的份上就算了，但如果再給她發現一次，馬上離婚。」

「你想離婚嗎？」

「有三個小孩了，我也不是那麼冷血的人，我是有跟她吵說，她如果管得住我，我又何嘗願意。」「第三次？」

「是老二差不多九歲的時候吧，那時我生意也做得大了，公司也穩了，時間比較多，朋友找我去酒店見見世面，呵呵，怪自己酒量不好，喝醉了，連怎麼回到家都不知道。第二天醒來，我想說肯定她又要吵了，這樣搞下去會沒完沒了，算了，離婚好了。」

「但顯然沒有離婚？」

「我太太厲害就在這邊，這一次她一句也沒說，當沒這回事，我就想好喔，那就這樣，也許她最終接受了，性對男人不就是那一回事？哎呀人有回來就好，反正錢沒少給過。哎呀那時年輕不懂事，就是這種心態。」

「那時家裡的氣氛如何？會因為這些事天天吵嗎？」

「只有第一次那樣吵，後來因為有三個小孩，就算吵也沒那時兇。第三次之後，就沒再吵過了，唉！今天談太多了，都忘了喝茶。」老先生從公事包裡拿出那個美麗的壺，「既然說到這裡了，我太太厲害的不是不跟我吵，」他慢慢旋開壺蓋，一縷水蒸氣從壺口緩緩升起，「我們怎麼講到這裡的？唉，這些都是陳年往事了。」

「我想聽。」

「我從來沒跟人說過，好吧……就讓你保守我的祕密吧！」老先生緩緩說道，第三次事件過後不久，他在公事包裡發現妻子給他的一封信。「我知道我不是你最愛的人，我知道你很看重閨房之事，也不想你委屈守著我，但我也不想孩子沒爸爸，等我死後，你開心地活，但在這之前，我會盡力試試看，守住你。」

我睜大眼睛，「這是什麼意思？」我不懂。

「我那時也不懂，也不敢找她問，就當沒看到。但我想了很久，也不懂自己到底怎麼了，鬼迷心竅失心瘋，會這樣傷她、傷害三個孩子、傷害這個家。」

「她說『守住你』，是什麼意思？你們後來沒有說清楚嗎？」

他搖搖頭，「我們從沒有說破。」

我驚訝地睜大了眼。

「但我發現她變了，不知道這是不是她說守住我的意思。」老先生停了一下，緩緩地說：「以前她在性上面很不熱衷，這可以想像啦，她認識我時還只是個什麼都不懂的少女，才跟我做第一次就懷孕了，之後就一路忙孩子，我們在床上一直很沒樂趣，讓我感覺跟她做，我很像禽獸。總之，就不是兩情相悅的感覺。」老先生細細地撫摸著茶壺上的雕花，我耐心地等著。「但從那封信之後，她改變了很多，她會……」老先生彷彿看到過去親熱的畫面，有點臉紅語塞，「啊！就是有反應。」

「意思是說，在性上面會回應你？」

「對！」

「也就是你觸碰她，她會……」

老先生點頭。

「有舒服感覺的反應。」

他點頭。

「身體會有……？」

「雞母皮（台語）啊，雞皮疙瘩啦！」他看到了那個畫面。

「你還是她？」

「她啦！有時候我也會有。」

「身體還會自然的扭……」

老先生又點頭。

「自然地扭動、拱身、交纏。」

他繼續點頭。

「聲音會……呻吟……會說一些她舒服的感受或是助興的話。」

他點點頭，嚥了口口水。

「會肯定你？」

他用力點頭。

「接吻？」

點頭。

「舌吻？」

用力點頭。

「會回應你的刺激撫摸你？」

點頭。

「會親吻你的身體？」

點頭。

「會幫你口交？」

老先生呼吸變得有點急促。

「這些是你跟她溝通過或要求她，她才做的嗎？」我問了一個必須思考的問題，將老先生從回憶中親密的畫面拉回到現在。

「不是不是不是，」他連忙否認，「這就她厲害的地方，好像開關開了，就通了。」

「姿勢呢，你們都習慣男上女下的姿勢嗎？還是誰主導變化？」

老先生微笑著說，「就很自然。」

我看著他等他說清楚，他一副你怎麼會不懂的表情：「就你來我往很自然啦！」

「哇！這也太美好了！」我沒有再更詳細地描繪，用讚嘆的聲音回應他所體驗的美好。

老先生微笑點頭，手中仍然把玩著壺。

我們安靜了許久，沉浸在思念他與妻子的親密滿足感中。

不知道該怎麼結束這次的晤談，我看著老先生，老先生望著手中的壺，細細地撫摸著，彷彿在用手感覺壺身的每一寸紋路。我安靜等待著，觀察他是如何承受喚起那些回憶的情緒。

「啊，時間到了！走啦！」老先生突然抬頭，起身走到門口，回頭丟下一句，「下次見。」

我起身送他到門口，目送他下樓。公園中，美惠已在等待，她抬起頭望向三樓，我們透過窗戶默默點頭致意。老先生走向美惠，轉身抬頭看著我揮了揮手，我彷彿聽到他說「走了！」

諮商室門一開一關間，我跟著老先生穿梭在時空中。他留下了許多線索，需要我節制自己的好奇心，一點一點地跟隨他，在過去跟現在的人生交織中，建構他重新解讀自己的能力，最後讓他為這一生做出最貼近自己的詮釋。

我拿起紀錄本，記下這次做到的部分，再加上幾個需要釐清的重點。

第一，性能力視野的拓展：「做到」。

坊間媒體流傳的性能力，通常指的是身體性功能狀態與性技巧。然而，對我來說，性能力是一組廣泛的能力，包含著建立依附關係的能力、理解涵容情緒的能力、評估人際連結的能力、使用資源的能力，與建構生命哲學性價值觀的能力。前四個能力，是我跟老先生討論他所重視的，與不同對象建立不同的關係上面所需要的能力、協助他在學習聚焦技巧的同時，也拓展對性的視野，且練習廣泛性的思考與評估。

然而，我並不需要他立刻學會最重要的目標，也就是第五個能力，而是創造「啊哈！」「原來如此！」「很有趣！很深奧的性啊！」的瞬間，因為好奇會創造學習的動能，當這個動能被引發，內在更深層次的需求才能自發性的浮現。

第二，性語言減敏：「做到。注意！」

第一次晤談時，我們從廣泛性的討論開始，建立老先生跟我討論性的習慣。

第二次，一開始，我們依他的需要，深入地談了性行為所需要的能力，結尾時因為想起與妻子的過往，我協助他快速描繪出心中的畫面，那些不以A片形式呈現的性畫面有著超越性刺激的內涵。

快速，是因為這是一個讓他習慣與我一起描繪性場景的能力。

老先生懷念妻子，雖然描繪畫面時有一點帶入感，但在我轉換語調與語句結構後，便順利協助他調節自己可能被引發的各種感受，包括性慾的感受。這是性諮商師非常需要鍛鍊的性諮商技能，也非常需要敏銳的覺察能力。在諮商室中，我們得協助個案有能力與我們一起詳細描繪性的場景，除了語言的使用，更重要的是在其中的情緒調節與情慾調節的能力。

結束時，我很清楚感受到他想起了他的妻子，有一種情緒留在與她共有的時空，但不是性刺激，可能是想念、或是不被自己允許去觸碰的深藏的遺憾。

雖然不知道那是什麼，但我跟他共享了那個時空中的安靜。下次晤談時，得先確認描繪那些性行為的過程是否引發他的情慾感受或是羞恥禁忌感。

性諮商的過程很容易引起反移情，畢竟，性的場景要描繪到非常細緻才能釐清感受與困境，個案必須經過這歷程中的種種感受：赤裸、害羞、身體感受到刺激、情慾經驗到喚起……未必是刻意這麼做，更多時候是不經意的身體反應。然而身體反應了，大腦會立刻連結各種經驗去研判：這個感覺是什麼？代表什麼意義？有時會誤以為誰愛上誰了，有時會激發被騷擾的感受。如果個案在過程中有性慾的反應，有時會激發自己騷擾心理師的感覺……這些複雜的感覺若未浮出檯面、處理清楚，必然會在諮商歷程中發酵變形，讓心理師與個案都受傷。

因此，性慾移情與反移情的處理技術，是讓「性」在諮商中成為助力而非阻力的非常重要、必須經由專業訓練所鍛鍊的專業能力。

第三，**覺察與開放的能力**。

老先生幾次因為我的詢問而陷落入回憶中，這已經表達出他與我的關係已不只希望停留在表面的性技巧層次。他有梳理自己的渴求，即便不知會得到什麼具體結果，但訴說的渴望已然浮現，並以外遇為開端的描述作結尾，最後對焦在他與妻子的關係，與他對這個家庭的愧疚，不過我也在其中捕捉到家庭動力與伴侶關係的雛形。

但與現在讓他充滿活力與新鮮感的性相較起來，揭開傷口實在不太具吸引力。

如何小心拿捏揭露的程度與揭露後工作的重點、逐步建立他承受的能力，更重要的是學習「依附我」來承受，這對於習慣切斷情緒的男性來說，是從未有過的經驗。我必須協助他加強對「愧疚減敏感」的能力，才能真正走入那生命無光的幽谷。

Chapter

3

連續下了好幾天的雨，在冬天的尾聲，讓人特別期盼著春天何時會到來。

剛剛結束了一對伴侶的個案，花了很多時間在紓解他年邁爸媽的不可理喻、干涉他們的生活、甚至於性生活，完全不考量生不出孩子的他們如何承受爸媽抱孫的期待。

我坐在接待區的沙發，喝著咖啡，看著落在窗檯上的雨，等待著自己的心，從他們不被理解的哀傷中沉澱下來。

到幾歲，可以叫做「老」呢？應該是開始倚老賣老，停止改變的時候吧！

但，改變不是一個念頭就可以達成的，需要很多能力。

又，要到什麼時候，我們會替自己的父母決定他們已經老到無法改變，也放棄了讓關係再向前的可能性呢？

今天的老先生，會以什麼樣的姿態面對我？我更好奇他今天的穿著。雨天能保持時尚嗎？

我走回諮商室準備自己。

翻開紀錄，文字無法敘說個案所帶來的空間能量場的立體感受的萬分之一，而這些都留存著，在我身上。

我很確定，我很期待他的到來，因為我很想認識他的妻子。她是怎樣的一個妻子，不著痕跡地改變了原本註定會破裂的關係、每日無法切斷的拖磨？她是怎樣的一個母親，帶著三個孩子度過婚姻中的變局？她是怎樣的一個女人，面對傷透了她的心的人，仍能完全開放自己的身體、心理與性的感覺？她是怎樣的一個人，在那個性還極度保守的年代、在二十歲的青澀年紀，在還沒享受到性的美好，卻在第一次之後就要承擔性的後果——噢，這個念頭很侷限，我檢視自己的想法，看自己是否受到自身文化脈絡的影響。放大視野確實會拉出個案議題的深度，但不能完全相信自己的假設，應該保持多元思考，才有機會讓每個人的獨特性自然浮現。這才是讓我對她產生好奇的原因。

他來了。

防水材質的深藍色長風衣，漁夫帽，皮質的公事包沾著雨水，老先生跟 Una 要了抹布擦拭鞋面，讓美惠幫他抹去外套上的雨水，才脫下風衣緩步踏入。後面緊跟著實在很不起眼的美惠，她向我點著頭說：「麻煩心理師了。」

我一定要再找機會問他一身時尚穿搭到底是從何處學來的。肯定不是委託造型師。

「今天怎麼沒帶拐杖？」我注意到他跟美惠手上都沒有拐杖。

「呵呵！雨天比較不會遇到狗。」他調皮一笑，「哎呀，又要拿傘又要拿拐杖很麻煩。」

坐定，從公事包裡面拿出那只壺，「天冷，一定要喝好茶。」

旋開壺蓋，這次飄出來是東方美人的雋永。他注意到我的杯裡是冷掉的咖啡，「品茶是一件很美的事，」他拿起壺口湊近聞，「老師，你喝茶嗎？你知道茶的香味有很多豐富的變化，茶改變了水的質感，舌頭可以感覺到，最重要的是苦、澀、甘，餘韻回甜啊。」

品茶、品香、品潤、品壺、撫摸壺子的細緻手法，富質感的公事包與時尚的美感，老先生是感官很敏銳的人。身體感官的能力，是想體驗上乘的性所必需基礎能力。電腦化的時代和電子化的生活，干擾了人享受性時必須擁有的單純的感官體驗能力，實在很可惜。

我有點感慨，一面將老先生感官狀態記在腦中，一面感受著今天的他，與前兩次十分不同，沒有急躁、沒有期待，很單純地處在感覺之中。

突然，莫名的靈感告訴我有事情發生了，我想到那個細細描述「品」的感覺，十分有性的感覺。

我看著他，「上次我們分析了你目前經營的性伴侶所需的能力，結束前，你回想起與妻子的親密互動。上次回去有讓你想到什麼，或這個禮拜有發生什麼事嗎？」

「上個禮拜，我去了常去的那家店，找了常找的按摩小姐，感覺很好。」我看著他，等他繼續，他回看著我，「其他，就差不多。」看來，目前，暫時，不想，觸碰，回憶。

「上次的討論，有讓你這次的體驗跟先前不同嗎？」

他拿出筆記本，「應該有幫助吧！」

老先生隨意閒聊，彷彿在諮商門外徘徊，我得協助他暖身，進入諮商氛圍中才行。前兩次諮商，顯然對我來說有很大進展，但對心理師而言有進展的時刻，卻是令個案猶豫的時期——對個案來說，心理諮商是很累人的歷程，有些人不習慣、不願意走進自己的內心，有些人把內心感受埋得過深、掩／演得太真，到了連自己都分不清真假了，人生就這樣，不論你是否願意，每個人都拖著過去的這個行李箱前進著。

特別是帶著性問題前來的個案，大部分已被媒體所影響，誤以為性諮商就是來增進各種技巧，總以為性諮商中心會拿出什麼簡單的祕招，幾堂課就能學到一些令人興奮的新點子，不切實際地期待性問題可以迎刃而解。

然而，進來諮商室全盤了解、也找到了方向之後，卻發現「自己的性」不是幾顆藥丸就可以解決，要觸及的深度也不若坊間所傳播的那樣幾堂課就能達成，便開始猶豫了。「猶豫」代表著想要長肌肉，又怕痠痛、又怕累，這很正常，我得協助他們體驗諮商的美好感受，來協助他們撐過長出心理肌肉的酸楚與痛苦。

「老師，我這週的問題不多，只有兩個。」他把筆記本遞給我，我注意到翻開的頁面並不連接著上週我們畫表格的那一頁。本子上寫著，「怎麼幫女性口交到很爽」「情趣用品怎麼使用」。

「好的，我們等等討論。」我放下本子，停頓了一下。

個案到諮商室中，也帶著過去人生的各種行李箱與他扛箱子的方法，在諮商室小小的時空中投影出來。所有能表達訊息的媒介，包含言語、表情、肢體語言、思考邏輯、穿著打扮，與對諮商這件事的反應、準時或遲到、拖延結束、不做功課……等等，看在資深心理師眼中，都是個案透過潛意識跟我們說的話。當個案還沒準備好揭露那些沉在心底的傷，或沒有能力用言語說出內心深層的感受與原始的痛、恨、怒、恐懼、嫉妒、攻擊，也還沒能相信自己的痛有可能被任何人包括面前的心理師釋放時，只能透過潛意識。心理師是否有能力敏覺觀察與處理，絕對攸關諮商的成效。然而如何解讀、何時處理、如何處理，因著每個個案的議題不同，幾乎沒有套路可以遵循。

老先生悠閒地品著他的茶，對我的停頓沒有前兩次的不耐。我在心中整理了一下老先生沒有言明的姿態，找到了方向，開始了今天的諮商。

「回答這兩個問題之前，我們來整理一下你剛說的，幾天前去找按摩小姐感覺不錯這個經驗，找出所謂感覺好的原因好嗎？」

老先生露出困惑的表情，彷彿在說「感覺好就好了，為何需要找出原因？要怎麼『整理』」？

「是這樣的，上次我們分析了你跟不同的對象會有不同的需求，也討論了逐步增進的能力。雖然我跟你說明要慢慢來，因為我們還沒討論實際作法，但這一週你做了嘗試，這次的經驗無論好、壞，都能讓我們能更了解你的狀況，協助你掌握未來的經驗。記得你好奇性諮商還能為你做什麼嗎？」

他的眼中燃起了好奇的火花。

「你想體驗看看嗎？」

老先生精神回來了，「呃……那這個要怎麼講呢這個……」似乎很多感覺浮現了。

「你的反應很正常，一般人也不知道怎麼描述這差別，我來協助你好嗎？」

老先生點點頭。

「我先讓你知道我會做什麼。」

他睜大了眼睛。我想了一下，「按摩小姐嗎？固定的那一位對吧！」我一面組織需要評估的面向，一面幫他喚回記憶：「我會問，這週你怎麼想到找她、怎麼預約聯繫上、去之前你的感受、心情，到了之後店家和對方如何接待、按摩房間在哪裡、內部陳設如何、你們怎麼開始、步驟、她的撫摸/按摩如何進行、你如何感受到情欲喚起、她和你如何協助自己將性刺激與能量推高，是否繼續到高潮還是中止、最後結束在哪裡、離開時你們的互動和你的感覺、離開後你去做了什麼？」

從老先生的表情看起來，顯然他喚回了當天的畫面。「記得，你不是一個人獨白，我會協助你表達，描述發生了什麼事、她做了什麼、你做了什麼、你的感覺等等。我會協助你釐清所謂『感覺好』到底有哪些細微體會。」我停頓了一下，讓老先生消化消化。「其實就像你品茶一樣，品茶是一種需要培養的能力，我也在協助你學習品『性』的能力。像泡茶會受到水溫、水質、浸泡時間的影響，性的感覺也是一樣受到各種因素影響。」我在心中小小得意了一下，原來前面的胡思亂想還可以拿來比喻。

老先生面露明白的表情，連結上茶道他就懂了。

「還有一件事情要跟你討論。」老先生面露期待，我卻遲疑了一下。上週最後的「性行為描繪」技巧是描繪他跟往生的妻子的體驗，我可以運用那個經驗來確認，在此過程中有情緒甚至性反應出現，都是可以處理的，但他與妻子的經驗所帶出的情緒非常的多與深層，這次還是先放著吧！免得碰觸太深，心理肌肉還沒練好就要他扛百斤巨石，他下次就不來了。

「剛剛我把場景描述了一次，我感覺你也喚回了現場的畫面。」老先生點頭。

「你會擔心我們接下來討論時，可能引發各種感覺包括情欲的感覺或反應嗎？」老先生臉上突然出現尷尬的僵硬感。

「有這種感覺是正常的，不一定代表什麼，可能只是因為從未這樣談過性。如果你是聽覺型的人，也就是聽覺很容易觸發感受，聽人說話大腦很容易有畫面出現的話，這很正常的。」他表情稍微放鬆，但仍然沒完全放下防備。

我突然想到二女兒說過的按警鈴。「若出現這狀況，你隨時可以打斷我，說你現在感覺有點刺激，無法繼續專注。我會協助你調節情緒，回到當下，繼續跟我一起工作下去。如果我觀察到你的狀況彷彿不在現場，我也會跟你核對你的狀況。放心，我不會因為你有性的感受或反應就按警鈴。」他的表情終於放鬆了。

「我會協助你練習如何在不同的性場景，調節適當的情緒。有時適合跟著刺激增強情緒，比如可以發生性行為的時機；有時適合在被刺激時緩解情緒，比如不能發生性行為的對象與場景。就像現在。」

老先生笑了。「這我還分得清楚。」放鬆了，突然笑開了，他開了玩笑：「老師話這麼多，這麼複雜，不可能有性慾的啦！呵呵！再多的性慾也會被你消滅的。」我也笑了，他終於放下所有沒言明的焦慮，跟我再度連結上了。

「你知道，我用心良苦。」我倆都露出了一言難盡的笑容。

顯然，他在與我互動的經驗中體驗到一些未曾有過又難以清楚解釋的經驗，而我對於他開放自己讓我靠近，我也感受到他接收了我的心意，他跟我的依附關係朝向更紮實的方向建立著。

「你感覺我會消滅你的性慾，其實我是在還原跟恢復你的性慾。」

老先生怕我誤會他的玩笑，急忙說：「我開玩笑的啦！我是不知道老師在做什麼，但是我有感覺到是對我好的。」

「我知道你是開玩笑的，這剛好給我一個機會說明我在做的事，那就是透過恢復感覺來還原跟恢復你的性慾。」

「咦！老師。」他突然想到什麼似的，「我老二說我性慾過盛不正常，你還要恢復我的性慾？」

我笑著說：「你有嗎？」

「蛤？」老先生一臉疑惑。

「你有性慾過盛嗎？」

我看到他彷彿在腦中翻出第一次晤談時關於幾歲還可以有性慾的討論，我打斷他，「換個方式說吧！性除了本然的生理需求外，也常被用來處理或逃避人生的各種問題跟感受。專注在性這件事上，可以讓人忘掉……人生煩惱。

「比如第一次你只想跟我談性，一點都不想管外面那一掛人給你的壓力。」該煞車了，點到即可，鋪進一點點上癮行為的知識，喚醒他覺察自己的潛意識，意識化地連結他所不經意的時刻，緩步向前，不宜過量。潛意識之所以是潛意識是有其道理的。我必須小心尊重。「性心理運作的方式，是很奇妙的。我們一起工作，你慢慢就會更了解你自己。」我用了一個廣泛的說法，算是把這話題結束了。

老先生拿起壺，旋開壺蓋，水氣裊裊上升，但已然不若剛開始那樣一湧而出。他飲了一口，在喉中品著，一會兒說，「很奇妙，真是很奇妙。」

其實我很羨慕老先生與二女兒的關係。愛與衝突共存，在沒有了各種角色與沒有工作的壓力的晚年，二女兒送了他一趟環遊內心大宇宙的旅程，而他帶著體驗的心情上路，身為心理師的我，見證了最美的祝福。

「進了這扇門，彷彿進入另一個時空，對吧！」我指了指諮商室的隔音大門。他寓意深遠地微笑。

「中場休息結束！來吧！」

我倆相識一笑，「按摩小姐對吧！」

我們開始描繪一般情況下，他使用按摩小姐這個資源來照顧性慾的經驗。他主述，我跟著好奇提問，堆疊與細化情緒。老先生放鬆地跟著我，一面描繪一面發現自己的各種感覺，頻頻稱奇，「我沒想到這種感覺也會影響我。」有些事情可以調整，比如他決定下次自己帶床單去鋪在按摩床上。

但有些事情則不容易調整，「我沒想到其實我在意那發霉的牆角……我沒想到，我非常不喜歡她猴急地沒摸兩下，就搓。」

「你的意思是她急促地撫摸/按摩你的身體，既不能稱為按摩又無法成為前戲，你的身體被混亂的刺激弄得焦躁，在焦躁感中她直接刺激你的生殖器官，並不會讓你有舒服的感覺。」

「就感覺很怪，但我當然知道她只是要完成工作。」

「以我對你的了解，你的感官能力是非常細緻的。」我忽略他疑惑的表情，「在這種混亂的身體感受中，要勃起或維持勃起事實上要靠運氣。」我補上一句：「還要很專注在性幻想上。」

我請他翻開筆記到我們分析的表格，跟他核對他的經驗。找按摩小姐的目的原本是好玩、體驗，但新奇感過去後，因為固定的人、制式化的動作，再加上雙方並非意圖一起享受性，他的性反應很容易影響。若要進行這個活動，最好不帶期待，頂多是一次身體被刺激的體驗。

「原來，就是這樣的意思。」

「上次我們是分析一般性的輪廓，這次詳細討論你所發現的自己的感覺。從進門前，就開始有各種複雜的感覺，那都是先前累積在你身上的，只是藉由這次梳理，讓那些隱隱忍耐的感覺浮現出來。」

他點點頭，隨即又自我質疑了起來，「但一般男人應該不會有這些感覺吧！」

我笑道：「你就是你，不是一般男人。其實可能每個男人都有內心話，只是沒機會被引導出來而已。我剛問你時，你不也是想一語帶過嗎？」

「我知道她很好，但說實話有時我走出店門，會想我到底是為什麼要來這裡，感覺又不怎樣。有時好，有時不好。有時感覺很累，更鬱悶的是，那次也沒成功。」

「沒成功才累啊！沒成功最累了！」我表示深刻同理他的感受。「是不是？如果沒有細細品味、調整，每一次感覺好都只是靠運氣。」

呵呵，這是再好的咖啡到我手中都會被毀了的道理。

所以我並不在意咖啡冷掉，因為對我來說，它就是咖啡因而已。要享受咖啡，我會去街角那家「心理師咖啡所」點一杯「心靈咖啡」，慢慢感覺，從選豆開始。

性慾從引發到紓解，是一個能量堆積的過程。除了生理需求或性刺激給了一把推力，接下來如何以六感持續增強，引發大腦處在性慾狀態的刺激，讓情欲感受加速，同時又能減緩、調節或轉換，讓大腦離開性慾狀態回到現實的減速干擾，這份能力需要所有想「享受性」而非只要「做」的人精熟自己的內在運作系統，也要了解性對象的內在運作系統。這是我上次跟老先生分析他面對多元性伴侶時，所需要準備的各種心理狀態的基礎概念。

「就如同任何運動結束後都要伸展放鬆，性能量也是一樣，堆積到一半沒有紓解，鬱積在身上的張力會很難消除。或是刺激到一半勃起卻消退，要再度勃起，按摩小姐必然會加強刺激，但你的大腦可能已經離開性的狀態，要努力再回到性，是很累的，何況你還要承受對自己勃起功能的懷疑。」

「原來是這樣。」他彷彿懂了些什麼似的，猛點頭。

「上次只是教你一個概念，建立評估性的習慣，最重要是建立對自己合理的理解。這次藉由一般性的按摩經驗來細細整理，你對自己的了解是不是增加許多？」他若有所思的點頭。

「給自己合理的評估，就能有合理期待，能接受自己真實的樣子，減少不必要的挫折。不合理的期待，才是性最大的殺傷手。」

他恍然大悟：「跟你這樣討論，我覺得清楚很多。」

「有因為清楚很多反而沒有性慾了嗎？」我逗他。

老先生笑了：「呵呵！我知道以後如果去找按摩小姐，至少不會讓自己不舒服地走。」

「要享受性，重點並不只在掌握勃起的技巧，而是因為了解自己、接納自己真實狀態，這才是能在性中享受的唯一原因。」

他點著頭，「老師啊……」

我自動接上一句，「是不是要說早認識我就好了？」

我們都笑了。「來，還有一點時間，還沒談前幾天去找按摩小姐感覺不錯的原因呢？」

有著前面討論的鋪墊，老先生很快進入狀況，「我發現最大的差別是在，應該是上次跟老師討論後，我也不知道為什麼，在脫衣服時我莫名地就想跟她聊聊，不是那種很社交什麼天氣的客套講話，而是，想跟她講講話……我對自己有這樣的想法覺得很奇怪，人家只是來賺錢的，我雖然聽過有人去找小姐只是要小姐聽他講話……我覺得要小姐聽他講話的人應該找老師……啊！抱歉，我不是說你是小姐啦！」

我揮著手，搖著頭，叫他別在意是否冒犯我，繼續講下去，他突然間插科打諢是因為不大知道怎麼描述心中這種古怪的感覺，「當時你的腦子應該也在想辦法打消這個念頭。」

「對啊！我並不想跟她說我自己的事，我也不想聽她說她的故事，那……總不能談新聞吧！也太怪。」

「顯然，這個想跟她說說話的念頭還滿難消除的。」

「是啊。」

「最後呢？你怎麼做？」

「我就想，隨便愛說什麼就說什麼，體驗嘛！對不對。」他看著我笑一笑：「最多，不再去找她就是了。」

「冒個險去體驗，多好。」

「結果我莫名其妙開始稱讚她，感謝她，我稱讚她認真、敬業、用心、感謝她陪伴我這樣的老人、感謝她努力為我服務什麼的。」

「對方的反應呢？」

「她一直說沒有啦、應該的。但我可以看得出來她很開心。然後，我覺得她按摩我的身體的感覺也不大一樣。」

「怎麼不同，你試試看描述一下，速度、力道、強弱變化、她的手或身體部位、接觸你身體的質感變化，還有試著說說看，你猜想她應該是怎麼做的。」

我引導他練習著性行為描繪的技術，老先生回想著，並在大腦中嘗試分析對方的手法，簡短地說一句：「可以感覺到，這次，她的撫觸有走心。對！走心！」突然抓到形容詞，老先生開心地說：「我當然不知道她是怎麼想，但我有感覺到她有把我當一個人看，而不只是一個身體。」

突然之間，他刷的臉紅了，這是我頭一次看到他有這麼強烈的反應。我觀察了一下他全身反應，是放鬆的，應該不是此刻過於刺激而產生性反應，那是想到高潮或射精的畫面了嗎？還是他們後面有不同於以往的行為？

「怎麼了嗎？感覺很強烈。」

「嗯嗯。」

「是想到那時射精或高潮的畫面了嗎？」

他搖頭。「呃……」老先生努力著自己說出來，

「很難講出來嗎？我幫你一下好嗎？來，你幫我形容臉紅的感覺，我來幫你猜一下你經驗到什麼。」

他有點扭捏，「有點不好意思……不好意思啦！這……很難講啦。」但語氣中卻顯出開心。這才是讓他感受到愉悅的重點。

「呵呵……感覺你做了你之前不曾對其他人做過的事。」他點頭，我在腦中快速刪除他跟我說過的作法，與跟按摩小姐能發生的行為界線中可能的事，因為他現在感覺還好，代表他並沒有踰越跟這樣的接觸對象該有的身體界線。

「你用什麼方式對她做了什麼，不會冒犯她的界線，卻讓她舒服也讓你舒服的事。」我說出我的推測，因為我知道他知道自己做了什麼，只是不好意思說出來。我要實踐不會讓他一個人面臨窘境的承諾，也解構他心中可能有的羞恥感。

「你不能觸碰她……你只能用身體的動作……或是聲音。……或是語言回應她……參與她對你做的事……這個部分……會讓她收到肯定……也會更走心的碰觸你……」眼看著老先生像小孩忍不住話地要衝出口，我當作沒看見繼續自言自語，「但是動作又不能太誇張，有可能會讓對方不能掌握你的狀況而緊張……只剩下聲音……呻吟跟……淫聲浪語了……」我用眼角餘光瞄他，感覺他快要點頭了。

「是什麼呢？跟著她的動作呻吟？」

老先生漲紅了臉。

「還是說一些類似感覺上的強調，比如還想要、很舒服、爽，或是引導她的語言，比如再往下面一點、就是這裡之類的……」我歪著頭，做出思索狀，「……該不會高潮時發出巨大的吼聲吧！那也太爽了。」我睜大眼抬起頭，誇張地讚嘆道。

老先生被我逗樂了，一笑，能量就鬆開了，「老師，你說的我都有……做一點……但沒到……最後那樣啦！」

「這是你以前不會在性關係中允許自己展現的樣子。」

「我覺得……那是女人才會做的事。」

「多好，我很開心你冒著險開放了自己，嘗試新體驗，自然、自在地把自己展現出來，這是比像個男人或是像個女人，還要健康多了的事呢！」

他往後一靠，整個人放鬆了下來，拿起壺又放下，第一次伸手拿起我為他準備的水，大大喝了一口。我微笑看著他，也同樣地感受到滿足與喜悅。

老先生看了一下時鐘，看著我，微笑著，「時間到了，走啦！」

「你開始要問的問題呢？」

他走到門口，轉開門，「那不重要啦！走了！」

我看著他的穩步向前神彩奕奕的背影，拐杖，真的讓他顯老了！美惠抬起頭來看到爸爸的臉，顯然感受到某種不一樣在發生，她快速起身，跟我微笑點頭。

我突然想到，奔上前，「如果可以，」我對著美惠跟老先生說，「如果可以，下一次可以幫我留一個半小時嗎？並沒有特別的狀況，只是我有一些資訊要搜集。」我轉向老先生：「不好意思，剛剛太在感覺之中了，沒能先跟你說清楚，下次來我會解釋的。」美惠看了父親一眼，老先生笑著說：「那我得準備兩壺茶！」美惠點頭跟我確認。

雨停了，陰暗的天空，在遠方有一些透著藍光的白，看來是要放晴了，即便片刻能從濃雲間看到一抹藍天，都會是非常幸福的事啊！

性是生理需求。

性行爲是人我關係的呈現。

性慾變化是情緒表達的一種方式。

身體總是透露出內心底最誠實的訊息。

你可以騙過大腦，但無法逼迫身體對性產生反應。

而，性是語言，訴說著內心最深處的祕密。

我隨手寫下了以性作為心理諮商的媒材，最吸引我的原因。

泡了一杯東方美人，這是年前好友買給我的過年禮物。茶對我來說是很深奧的事，我常聽他說冠軍茶的價錢，只能咋舌，但完全無法承受這樣的禮物，因為肯定會被我的過動和分心，而搞砸、浪費。

每個人品嚐人生的方法，會因為天賦給你的特質而截然不同。

老先生感官特別敏銳。能讓他靜下來去感覺的方法，是身體與感官的連結，這是他品嚐人生的路徑。

而能讓我靜下來去感覺的，卻是進入心靈相遇的無極限時空，立體、多層次、多角度、多面向、多平行、時間不存在的現象場。將性加入其中，讓原本已經十分複雜的心靈，又疊上了一個深邃的時空，呵呵，也可以稱為黑洞，非常適合大腦過動、思維多元的我。

我知道最後上前提出下週保留九十分鐘時，那一刻是直覺。但當我安靜下來看著天空的微藍天光，我知道，老先生在按摩小姐身上經歷的新體驗，其實並不是新的。而是他往生的妻子在他們的性當中示範，渴求完全與他融合的最真切的表達；唯有從自我看來是傷的角度中，活出自由的自己，才能有新的體驗，才算創造生命，為自己盡力活著。

我並不是說，在關係中受傷的人必須改變自己，去忍耐對方的傷害。

我說的是，他妻子必在年輕的陳先生知道之前，就明白她先生是一個值得她的愛的人。

我追出去，是因為，我知道，他已準備好與妻子，再次相遇。

Chapter 4

每天上班前我都會在諮商所前的公園散步，偷懶的時候，就在辦公室整理窗台上的花，一邊眺望公園的人們。

這是一個社區公園，出沒的人應該都是附近的居民，不同時段有著不一樣的人物風景。

清晨五點以前，是非常零星的幾個人，從他們走路速度來看，是以健走為主的運動。

六點開始，一群為數大約十人的老太太們正對諮商所門口，我看不出帶領者神祕地微微比畫著什麼動作，但他們顯然都知道自己在做什麼。

七點，是一群穿制服、還有老師指導的太極劍引導班。

八點，從學生到上班族，各路人馬穿越公園去搭捷運。

若是有陽光的日子，十點左右輪椅族出列，還有遛貓遛狗的人穿梭其中，偶爾可以看到狗狗靠近輪椅跟老人互動。

十一點，買菜族穿越公園到後段的市場。

十二點到下午一點是公園安靜時光，等著迎接下半場的忙碌時段。

我喜歡觀察在公園出入的人，看著他們的步伐、神情、穿著，隨著時代的變化而出現不同的樣貌。

唯有一位老先生，我注意到他已經三、四年了。每天下午四點，他會在公園附近晃盪，穿著從沒改變，做同一件的事，因為太固定，讓我不禁認為這是他的每日儀式。四點整，老先生會從巷子走出，兩寸長的短髮自然服貼在頭上，跟熨挺的白襯衫、灰背心很搭。冬天長袖夏天短袖，像極了公家機關的辦事員，準時的程度讓我肯定他對工作絕對謹守本分。有趣的是他的下半身，永遠是夏天及膝、冬天及踝的藍白條紋睡褲般的薄褲與腳夾藍白拖，讓我不禁有種老先生忘了換下半身的衣褲就出門的莞爾。

每天四點，他例行公事就是一個人默默走到公園口徘徊，然後隔著褲子摸一下陰部，走到角落掏出陰莖，對著一棵樹小便。結束之後再徘徊一下，彷彿在確認尿意是否完結，再默默走回巷子，消失。

頭一次發現他，是我與女兒路過公園，剛好看到他正準備掏出陰莖。我肯定我的眼神充滿不可置信，女兒則張嘴露出吃驚表情，我倆交換了個警覺的眼色，以遭遇怪叔叔的本能反應快速離開。我藉此機會跟那時十歲的女兒討論了一下，當他人的生殖器官在你沒有預備的情況出現眼前時該如何應對，她會有什麼感受與可以怎麼處理。

接下來，我跟女兒討論老先生是不是傳說中的暴露狂。

雖然有暴露癖好的個案我也接過不少，但我並沒跟女兒多說什麼，就陪著她去發現這個經驗對她的意義。

女兒上網查了一下關於暴露狂的定義，我們也一起決定暗中觀察老先生的行為舉止與他跟路人的關係，然後一起討論這件事帶給她的理解。

女兒最後下了個結論：「我不覺得老先生是暴露狂，他的行為雖然讓人一開始覺得是，很不舒服，但觀察幾天後，我發現老先生完全處在自己的狀態，沒有想要對誰幹嘛。」

「那了解後你的感覺有不同嗎？」

「他就是，在做他想做的事。」

我很開心能夠藉著這個經驗把我的信仰傳承給孩子：「行為表象無法定義一個人的內心世界，行為只是這個人從內在出發，嘗試與世界溝通的語言。」

「有影響到別人嗎？」我問。

「就他選中的那棵樹吧！」我們笑開了，女兒想了想接著說：「好像經過他的人，都忙著滑手機……」

我開玩笑說：「說得也是，現在暴露狂的處境十分艱難啊！沒有人會注意他們！」

從那天起，老先生幾乎是我的時鐘，只要看到他我就知道四點了，可以準備喝下午茶了。

我好奇的是，雨天的四點，老先生會怎麼度過呢？

陳先生與這公園的各種老人提醒了我，人們如何面對「老」，需要重新詮釋。

由於老先生打算南返探親，第四次晤談距離上次只隔了四天。這是很具共時性的宇宙安排。

我好奇等待，生命這次將有什麼讓人出乎意料的安排。

「不好意思，臨時改了老師的時間，希望沒有造成困擾。今天九十分鐘？」老先生從公事包裡面拿出兩只壺，放在桌上，其中一個是我常見的那只，另一只是同款但閃耀著紫金色。不，我突然發現，不是同款，紫金色那只稍微大了點、厚寬了點，它的帝王氣勢馬上讓藏青、粉紅雕花的那只顯得柔美；這兩只壺是對壺，且絕對來頭不小。

老先生看到我目不轉睛地看著壺子，得意道：「美吧！」

「非常少見、非常美，一起出現特別美，而且！」我突然懂了：「是公母對壺。」

我用驚訝的語氣明顯呈現出好奇。

老先生聽到我驚訝又好奇的語氣，並沒像蒐藏家一樣開始訴說尋到這對壺的故事，而是回了句不相干的話：「我等等要出去上廁所，先跟你說喔。」我露出同意的眼神，但心中卻是看著他，覺得不可思議。「哎呀，今天沒先在家裡上好啦！」

「才四天，我啥事都沒發生。只有在公園跟幾個女子攀談，沒任何動作，目前沒有故事可以報告。」老先生定睛看著我：「老師，你說今天加時間要做什麼？」

換我腦袋一片空白。確實，有時個案在前次晤談揭露太多自覺羞愧的訊息，或是談性時引發太多感覺但沒被心理師妥善處理，個案的確會有避免再陷入焦慮的情緒反應，例如請假、或是一副彷彿上次晤談啥都沒發生似的模樣，或是表現得疏遠，這些都是在表達：我不知道怎麼面對看見我的羞愧的你。

但是，無論是我不願意承認自己上次沒體貼他可能過度揭露的尷尬、或這就是我個人對他太太的好奇，或我相信老先生已釋放足夠想更深入自己人生的訊息，無論如何，我聽到自己說了聽似簡單，卻是要他冒險探入內心暗處、打開密封的黑盒子一句話：

「我感受到你對太太的想念。」

旋開壺蓋的動作乍停，老先生沒有抬頭看我。

時空凝結，感覺像一世紀的幾秒，特別地有重量。

他頹然放下雙手擱在腿上，我差點伸手去接幾乎從他手中掉落的壺。

但，我沒有。

壺，也沒掉落。

突然間，我很想哭。

我有一種背叛了他的信任的感覺，如果我再瘋狂一點，就會要求他原諒了。

但，我沒有。

我靜靜坐著、等待，全心相信生命的安排，也低頭承受所有不可預測的後果。

我們靜靜坐著，室內的光線逐漸變暗。

老先生彷彿進入時光隧道，不是返老還童，而是快速變老，凋零、萎縮、眼神空洞、身上的光彩逐漸褪色成黑白。

我看不見他身上的時尚。

只剩下一個失去靈魂的老人。

我很想哭。我感到很深的愧疚。我開始害怕，這是無法彌補的揭穿。

我很希望是我自己太愛幻想，期盼老先生拿出插科打諢的能力，防衛我的唐突，甚至攻擊我也好，如果那會讓他好過一點；只希望他能回到他想經歷的現在，忘掉過去。

如果我再瘋狂一點，我會攻擊自己讓他知道我的抱歉。

但我沒有。

我靜靜坐著，任淚在眼角徘徊，盡全力不吸鼻子，調勻呼吸，專注在安靜內在的混亂，回到寧靜之中；我誠心祈禱，相信生命的安排並全心臣服。

「是什麼讓你這樣說？」老先生維持住自己，開口了。

瞬間，時空回到此刻，視線中的一切回復正常。

「要從今天說起，還是之前與你家人的每一次互動？」我平靜地回答。

老先生抬起頭，目露驚訝，「從今天開始吧！把你看見的都說出來。」我幾乎要下跪、謝主隆恩了。

當然，我沒有。至少不是現在。

我一一細數那些在我心中沒有講破的謎團。

「第一，壺子，我一直覺得壺子有故事。」老先生撫摸壺子的方式，除了讓我明白他是觸覺敏感的人之外，我也看出那是上乘的撫觸技巧，而他撫摸的是回憶。

今天看到兩只壺是公母壺，且老先生沒接續社交式的閒聊說出這組壺的由來，那就別怪我神連結，這沒故事才有鬼——當然我修飾了我的用語。

「第二，穿著，我問過你，你停了很久，我不知道是誰影響了你，但肯定不是造型師的功勞。妻子對先生的穿著常有巨大影響，那說不出口的話裡，我知道在你心中有很深的情緒。」

「第三，老二情緒強烈的程度，當然某部分很合理，但那強烈的情緒中有著一種說不出的悲慟，有一種替媽媽抱屈的心情。這絕不是你告訴我『她的個性就是這樣』可以說服我的。」

「你太太第一次正式出現在我們之間，是在第二次晤談的時候。你接受了我的詢問，跟我說了妻子與你共同經歷外遇的經驗，我知道她是一個很特別的女人，也知道你心裡知道她是你生命中非常重要的女人，我，真的很想認識她。」

他聽完我的話，停了好一會兒，目不轉睛看著我，彷彿在篩選他的情緒。

「你知道你的每一個……觀察還是假設……都可以有別的解釋，你知道嗎？」
我有一種被訓斥的感覺。我已經很久沒有找督導了，這種感覺卻不陌生。
「我們找你是來談我的性問題的，這是你說的性諮商嗎？」
還不算火力全開。
「我妻子才往生兩年，我怎麼可能不想念她，但這是一個我們都想度過的痛。」他提高了聲調。
我有種準備迎接巴掌的感覺。
「你，很想認識她，就可以成為你隨意戳我的痛處的理由嗎？」
啪啪，我彷彿聽到了清脆的耳光聲，突然感覺臉好像被甩了耳光似地又燙又紅。
搞什麼！我突然覺得瘋的可能真的是我。
然而我什麼都沒有做，臉也沒有真的發紅，我沒有回嘴，安靜地等他說完。
「所以呢？你要我道歉還是先去上廁所？」這絕對不是跪地求饒的好台詞，但很遺憾的，我聽到這句話從我嘴裡面說出去了。
老先生不可置信地看著我，搖著頭，起身出去上廁所了。
我立馬起身，把窗戶全部打開通風，需要流通的空氣穩住我的腦。窗外那位老先生從轉角紅門走出，正走向公園，一切如常。

老先生走出洗手間後，在走道跟美惠說了一會兒話，隱約是要她去買他要帶回去探親的東西，結束後他會自己回家之類的。

老先生回來坐定後，他本伸手習慣性地要拿起壺，卻轉而拿起我幫他準備的水杯。

我等他喝完水，「你覺得我該向你道歉嗎？哪個部分？你讓我知道，我會全心對我的冒犯道歉。」我希望我的聲音可以完全表達出我的真心與誠意。

「我想要問你，今天如果談性，要談什麼？」老先生沒有接話，轉而要我回到性。

「你不會想知道的。」我說。

「什麼意思？」他驚訝又不解。

我認真看著他，「我要跟你談的也是你與妻子在性上面曾有的過往，就如你上次仔細品味與按摩小姐的點滴一樣，我會跟著你一起回到彼時彼刻。」

「為什麼？」他很震驚，我可以感受到他正快速思考我為什麼提出這要求。「對我現在的幫助是什麼？你為什麼堅持把她拉進來？」連珠炮似的問題阻斷了我跟他的連結，在他開始出現各種批判與對我的意圖的猜測之前，我必須快速打斷他這些無用的防衛。

「她從來沒有離開，不是嗎？如果我的觀察都是錯的，你有必要這樣全力拒絕我的問話嗎？」我快速抓取腦中可用的訊息，也以連串的提問帶出讓他無法思考壓迫感。

「我想念她是天經地義，但這跟性……」

「你是要說，這跟你的性、你現在跟別人的性有什麼關係嗎？你是害怕忘記她？還是害怕想起她？第三次外遇後她給你一封信，說等我往生後你再好好享受你的性之類的。」

「是人生。」

「那不就是性嗎？不然你跟她的人生是什麼？現在的你，是終於擺脫她、可以過你想要的多元的性人生，還是帶著她的祝福去探索、實踐你們沒有言明，卻在心中對彼此的承諾？過去你為她守住自己，現在你為她體驗你的人生？」

「老師，你把我說得太崇高了，是她守住我，是她……」老先生跟著我的邏輯，卻失去了防衛的力道。

「是嗎？在你心中，自己是多麼不堪的人？我知道的是，她不是這樣看你的。」

「你懂什麼？」

「我什麼都不懂，你告訴我。」

他頹然癱在椅子上，用盡了力氣，卻無法否認我的面質。錯了，他不是無法否認我的面質，是他用盡了力氣卻無法抗拒他內心多麼想說出他與她的點點滴滴，但他也害怕即將揭開的情緒傷口、也害怕把死人放在性議題裡談是大不敬的念頭。

我看著那兩只壺，等待他從被我挑起的情緒波動中平復下來。

「你問我，為什麼我這麼堅持？」我看著他的眼睛溫和地說：「我沒有堅持，我是邀請，因為對我來說，性不只是性。性是表達、性是關係，是人通往內心的道路。我知道你不希望我碰觸你的哀傷，但我也知道，現在的你在用性來轉移失去她的痛苦，無論是遇見我之前的混亂『性』行為，還是讓全家因為你而沒空間、也沒時間去哀悼母親。你來找我後，探索『性』的新鮮感與樂趣也讓你忘記痛苦。我是性諮商師，我知道這狀況對你以後的性必然產生影響。」

「會有什麼影響？」老先生並沒有看著我，顯得不在意的樣子。

「你不告訴我資訊，我怎麼知道呢？」我停頓了一下，「你不告訴我，我都只能用猜的，我不想再猜了，這樣顯得我很不專業。你只要負責打槍我就好。這對我很不公平。」

聽到我的感受，他嘆了一口氣，彷彿突然感到舉著防衛盾牌其實很累，也彷彿明白脆弱在這裡就只是脆弱而已。

我緩緩地說：「你告訴我，我就可以精準告訴你，這對你會產生什麼影響。」

老先生看著我的眼睛，回到了此刻，「你就不怕我心臟病發作？」

「你做過健康檢查，報告結果，你好像比我健康。」我笑著看著他，

「這哪是九十分鐘說得完的？我們之間有太多回憶。」

「我們還有很多個九十分鐘。你慢慢說。」

他終於開始回憶。壺子是她請師傅特別為他在四十歲生日而訂做的，因為她知道他喜歡品茶，隨時都想品茶香，但苦於找不到有質感還能保溫的壺子。她明白他很在意衣服質料、款式，若穿到搭配不對或質料不佳的衣服他會生氣，因此衣服多半是她挑選搭配的，她擔心他忘記搭配的組合，還幫他做了貼心的筆記。

「香水呢？」

「我沒辦法去自己選，專櫃上太多味道我會不舒服，都是她選的。」

「擦香水濃淡、體溫是學問呢！」

「都是她教我的。」老先生回想起她怎麼對待他的過去。

我感受到這個女人非常細心地在了解她的先生。不但了解他，還是他之所以能自如享受自己品味的原因。

「你的公事包也是她選的嗎？」我非常喜歡那皮質的年代感，不退流行的經典款。

「不是，那是我升主管的那年買給自己的禮物，一直用到現在。」他看著公事包，遲疑著，嘆了口氣，擋不住泛濫的記憶，打開公事包，把內部的空間朝向我。我看到內側有一個裝名片的夾層，裡面是一張泛黃的紙。「那是她寫的那封信。她知道我每天都會補充名片，她把那封信放在這裡，我就一直讓它在哪裡，提醒我，別再傷害她。」

他低著頭，夕陽的餘光從窗簾縫隙穿透進來，我等著。

回憶如空氣，看不見，卻全面流瀉。

「是的，我是很想她。」老先生緩緩抬起頭，看著我。

「我知道。」我停了很久。他看著我，彷彿在思考等我印證了他的想念之後，我該做什麼。

「現在感覺如何？能承受想念嗎？」我問他。

他安靜了一下，轉移話題，「接下來呢？我們現在要幹嘛？還要談什麼？」

這感覺彷彿審問完犯人，偵查員卻發現一無所獲。

我想了很久，「是的，是我提出希望延長這次晤談時間，因為我知道你來找我，意外發現『性』可以這樣有趣地學習，這也確實是我會持續工作的重點。但來找我之前，性對你來說是轉移注意力的方法。性可以打發時間、精力並帶給你刺激，但並沒有帶給你該有的享受與質感。你把筆記本拿出來看看，那表格架構讓你有了方向感，但在那表格之前，你所經驗的性……像是無頭蒼蠅，一個勁兒地往性裡亂鑽。」他的眼神對焦在我身後的某處，「我並不是說性的行為模式或是慾望的程度有問題，若我們以之前的工作方向繼續下去，你會逐漸建立起適合你的性體驗的能力。但我也不能就這麼停在這裡，享受你進步的成就感，跟你共謀地去忽略你內心的痛苦。記得你第一次跟我說，你接受老二的提議去做了各種檢查，都是正常，但你仍然要問我你是否正常。我知道在內心深處的某處，你隱隱覺得自己哪裡不對勁。我再一次說明，不是性不對勁，是心理不對勁。你知道你的心，並沒有安住在你的行為當中。」

「當然，我們必須以這樣的方式，」我比劃雙手描繪著從一開始到現在難以描述的混亂感，「來碰觸你內在用盡力氣、拚命逃避的痛苦，並非是我希望你經驗到或是計畫要戳你的。但從你的反應，我知道那是你極想壓抑的情緒，其實已經滿到嘴邊，可是你深信釋放出來除了痛苦不會改變任何事。」換我嘆了口氣，「我只能說，你壓抑得很辛苦。」

老先生眼眶紅了、鼻頭紅了，淚等著流下來。

「我知道你不相信我有可能改變任何事實，所以你往往話到嘴邊又說服自己吞回去。」他跟著我描述他內心的歷程，體會內在的掙扎逐漸意識化、具體化而穩定了自己。

「你是對的，我不可能改變任何已經發生的事實，但我的工作是讓你看見，你想保留的看事情的觀點，將會留在你與孩子們的情緒記憶裡，然後，我會協助你看見你靈魂渴望看見的不同面向，然後由你決定你此生要怎樣看待發生在你身上的一切。你想要最後蓋棺論定的是怎樣的自己，無論是什麼選擇，我都會全力與你在一起。

「讓我提醒你，你對自己一生的詮釋——是指你怎麼看自己，而非你的行為是否符合他人期待——不只是你一個人的事，也攸關著你是她深愛的丈夫、孩子的父親。我知道這句話很難懂，也不是你現在想做、能理解的事。我只想跟你說，因為大腦的機制，『性』確實可以讓人短暫地忘掉煩惱，但對沒有多少人生可以揮霍的你來說，我必須爭取我所有能運用的時間，盡力為你工作。我能為你做的最大的事，是盡量不成為你逃避痛苦的另一個方法。」

老先生滿臉質疑地看著我：「你有信心？」

我打斷他：「我沒有信心，除非你願意跟我一起。」

我們都安靜了很久……諮商室的光線慢慢更暗了些。這一次，我清楚知道是因為向晚了，我站起身來開了燈。

「過了今天，你不用再防著我，我要的只是，你可以明白地告訴我，現在不想碰觸哪些你無法面對的事，我絕對尊重你的決定，但我仍會提出我所見與對你的影響。這對你或許不重要，因為你並沒有委託我碰觸你的內心，你可以決定你要怎樣使用我。但這對我很重要，這是我對我的工作的尊重。我可以等，也會很有耐心地等，但是我不會跟你一起忽略它。你可以拒絕我，直到最後一天，結案的時候。」我終於拿起我那個相較於他的壺子顯得十分簡陋的白色茶杯，喝了口水。

「至少，這樣我們都可以在這關係裡面放鬆下來，你清楚明白地說你不要，我清楚明白地知道你的決定。我是確實理解你是真的不要我碰，而不是在很多非語言的訊息中感受到你的需要，然後去猜測到底該怎麼做才能貼近你的需要，又不會冒犯你。這樣我太緊張了。」

突然，我意識到這段話實在與性心理狀態是雙關語，老先生顯然也意識到了，「老師你說得我好像，」我們同時開口，我說：「欲拒還迎。」他道：「Play hard to get！」我們都笑了，我露出算你厲害的表情，「你還烙英文！」

他扶著扶手站起身來，「走啦！」

我也站起身來，稍微擋住了他，「所以？」我等待他的回答，我不清楚我能期待什麼，只希望能得到一個回應，就像是簽合約一樣，這是個需要雙方都表示認同的過程。

「好啦好啦！我會回去想一想。」他揮著手彷彿拿著空中隱形的合約，要回去研讀似的。

接待室只有Una，沒有美惠。

老先生獨自走出去。我看著他的背影，感受到蒼老，是記憶讓人沉重變老嗎？沒有生命沉重的各種記憶包袱，是年輕人之所以感覺年輕的原因嗎？如果可以如同沒有過去一般地活著，會讓人感到彷彿回春似的輕盈活力嗎？

我想著今天因為我一句無釐頭的話，所引發的一切。

他離去，留我一個人在空間尚存的能量場裡震盪。

我不會說我不害怕。

即便諮商資歷已二十五年，即便我也勝任訓練師的工作許久、督導學生無數，這樣的歷練並無法讓我能掌握讓個案面對自己的路徑。我總是得在個案的引導之下，進入個案的迷宮、跟隨他的節奏、辨認他給我的線索，等待虛空中出現那把能開啟深淵中鎖住記憶的巨大石棺的鑰匙，在驚心動魄的時刻，插入，然後等待巨大的石門是應聲而開，或是亂石把我砸得遍體鱗傷？我只能期盼著，我有力量從之前所犯的錯誤中學習，在他放棄我之前，再試一次。

我不會說我不害怕，但我也自問我是否過於自大，用我所以為的專業自信，輕忽了痛苦的重量。當正確的治療介入放在錯誤的時刻，不只是徒勞、枉然而已。我不會說個案離去後不會有防衛自己、切除痛苦的能力，但如果能夠，我真心希望我能做對，或是他能給我在錯誤中學習做對的機會。

我嘆了口氣，諮商室就如開刀房，我搖著頭苦笑，我得準備許多急救措施，為了我自己。

我拿起紀錄本，記下我彷彿無釐頭的第一句話所引發的一切。但我的經驗讓我相信，直覺從不是無釐頭，只是我尚未意識化的評估。

第一次，從老先生對諮商的認知開始，我協助他練習拓展對於性的假設與對於性諮商的預設，也讓他有認識我，與從我這裡認識性的機會。

第二次，我跟隨著他關注的性，協助他練習思考性行為順利與否的模式，藉由關注外在的性行為舒服與否，協助他把焦點轉向內在，看到過去外遇、與妻子的歷程、他們的性經驗，發現回憶的重量仍留存在他的身上。也藉由描述與妻子之間性行為的模式，緩緩暖身，協助他練習跟我談性的能力。

第三次，藉著談著按摩小姐的種種，協助他練習釐清關於性的各種感受的能力。

第四次，我早知道探觸他與妻子的記憶，是他潛意識的需求，卻是我意識上非常清楚的評估，這其中的目的是協助他學習：「性」從來不可以與自己心靈切開來。當人對自己的性懂得太少，才只能用忽略、壓抑、排斥來看待它。

我沒有選擇在他願意開始開放記憶的時刻深入，因為在性上面最重要、唯一重要、沒有比這個更重要的事的是「尊重自己的感覺」。

我可以邀請，但，他必須非常清楚地說，他要。

這攸關諮商效率，是對我來說最省力的結構，也是最重要的結構——讓個案清清楚楚成為自己人生的決策者——雖然這意味著，很多時候我們彷彿在談論他的故事與過往，但我們並不在過去的那裡！我們，是在他跟我此刻存在的關係、空間、與「現在」裡。

這，就是「性」的意涵。

Chapter 5

第五次，缺席。

第五次晤談排在第四次的五天之後。當天早上十點，也就是晤談開始前三小時，美惠來電替父親取消。原因是老先生還在南部訪友，回台北後會盡快約諮商時間。

「怎樣？搞砸了嗎？」個管 Una 一聽老先生請假，立馬拿出藏在桌子底下的零食，翹著腳，好整以暇地吃了起來，一臉看好戲的表情。她一邊冷眼瞧我垂頭喪氣趴在接待區大木桌上猛抓自己的頭髮，一邊配上嚼碎零食的清脆聲響，「這種時候就是要配卡哩卡哩啊！」

「不妙。」我哭喪著聲音說。

「不妙？」Una 揚起聲量，還故做驚訝的表情：「是慘——了——吧！」

我用額頭敲著桌子。

「欸！」她突然站起來推我的手臂，「欸——我是說真的！」她瞪大雙眼：「真的不妙！！」

我抬起頭來，她看著我，我看著她，異口同聲：「陳二小姐！」我猛然想起，老先生是有「監護人」的！

當天晚上七點，電話鈴響了。Una 接起電話，瞄了我一眼，接下來十分鐘的通話中，她不斷重複「嗯嗯，我知道了，會轉達」這幾個字，最後顯然來電者沒說再見就掛了電話。

「陳小姐非常不高興，要我告訴你，你可能不知道陳老先生的情況有多嚴重。他藉著去訪友的這一週，跟朋友去過幾次按摩店、摸摸茶、卡拉 OK，現在又為了留在南部取消諮商。」這次 Una 沒有繪聲繪影，似乎知道這不是吐槽我的好時機。

接下來的話，她連要轉述都替我感到尷尬，「呃，然後，是這樣的，陳小姐強烈懷疑諮商的效用，老先生回台北之後她會要求他再來諮商，希望心理師把專業拿出來，替他們解決這個問題。」Una 同情地看著我：「這次是沒上次那麼衝啦！但這幾句話也反覆說了三次……」這遲疑很不像她，看來後面有讓我更刺心的評價，「喔，最後一輪比較……」Una 尷尬地看著我：「如果沒辦法解決這個問題，老先生又不願意再來了，那就代表老師的能力不足，名聲會不大好聽，他們會去找別的專家處理。但，後面她語帶保留地……沒說清楚……只接著……總之大家會不大好看……之類的。」

「哎呦喂呀！十足的威脅感。」

Una面露憂慮地說：「無理取鬧的家屬也不是第一次看到，但會說到這種程度，還真是第一次遇到。很沒道理啊！把心理師當神嗎？」她咕噥著，「你不跟她談一下，緩解一下她的情緒嗎？」

我搖著頭苦笑道：「不用，等著接招就是了。」

「那……我需要先去找工作嗎？」Una開了個玩笑。

「也順道幫我一起找好了。」我無奈聳肩回她。

心理師要承擔的真的很多，諮商室裡發生的事、個案離開後發生的事、家屬認為個案留在你身上的祕密、個案的生命、他不能讓別人知道的祕密、連他自己都不願意感受到的情緒、連他都不願意看到的自己……

多年前，一位案主車禍身亡，他的伴侶在整理遺物時意外發現案主生前的諮商收據，跑來找我。他堅持要我告訴他晤談的內容，認為個案已往生，那麼祕密就該屬於他的伴侶了。那一次，我跟Una花了三小時，堅持保密底線，來回三次，才讓伴侶完全死了心。

他的伴侶在我面前痛哭、把各種情緒拋向我，我不是沒有動搖過。死者留下的人生，如果能讓生者好過一點，算是個完結，那麼保密是確實需要的嗎？

然而，個案的生命經歷、對自己與關係的探問、與我共有的諮商歷程，是屬於他的，也只有他才能決定想讓伴侶看到哪一個面向的他、留下怎樣的記憶。

雖然，我並無法得到他伴侶的諒解，但，我認為這三回、每回三小時，是我能為這位案主做的最後的一件事，為他堅持、為他陪伴他的伴侶，把失去他的痛苦在我面前完整抒發。

「走啦走啦！」Una打斷我的思緒，「我請你喝杯酒，放鬆一下。」

「今天我沒接案呢，要放鬆什麼？」老先生來訪的日子，我會空出一天，準備好自己來承接他的情緒。

「哎呀！你是把我當門外漢嗎？少說我也讀過四年心理學，只是不想當心理師而已，我早就看透，這工作瘋子才會做，」她拿起包包，一臉得意：「還是我聰明啊！賺你們的錢就好了。心理師是個案來了也累、個案不來也累，你不跟我去喝酒，肯定又要躲進你的房間裡面分析、腦補老先生為什麼沒來了。呵呵！」

我搖著頭苦笑：「你就這麼懂我，我請你喝吧！我累的話，也絕對不會讓你閒著，還得靠你頂著呢！」

距離諮商所不遠有一家迷你酒吧，傳來爵士樂版的〈思慕的人〉，「我心內思慕的人，你怎麼會離開我的身邊，讓我為了你整日深深思念你……」相思苦無盡，無盡相思苦。相思真是非常奇妙的一種心神狀態，甜苦一線間，讓在愛中的人忽喜忽痛，讓人沒了自己。

「欸！你在幹嘛！」Una發現我若有所思，「你別浪費這杯酒，我們是來買醉不是買醒的。」

我突然想起一位酒癮、性癮兼具的個案，他曾說：「買酒、買性的目的都是買個片刻不用醒，但買醉、買了罪、也買了墜。人生很難！」他的哲學是「有事一定要醉，沒事千萬別醒著」。

「那你來找我幹嘛？」我問他。

他毫不猶豫地回答，顯然非常清楚使用我的原則：「騙自己有在面對。買一帖告解，就像買保險一樣，別等到你真的生病，那就連買保險的機會都沒了。」

我笑道：「別擔心，監獄裡面也有心理師，到處都有心理師。心理師伴隨你。」

他一副我很沒遠見的表情：「哎呀，這是建立關係你懂嗎？等我真要面對時，不需從零開始啦！至少在我們每次晤談結束前的這一天，我會保持清醒的。」

一回過神，Una已經推著我站上小到不能再小的小店的小舞台上。今天，是老歌新唱之夜，我只能對著宇宙唱給自己聽，月亮代表我的心。

Chapter 6

四天之後，第六次，老先生傳來訊息：「想約最快的時間」。

傾盆大雨的午後，滿天烏雲，窗前的樹左右狂舞，是一個不可能颳颱風的二月天。這種天真不適合老人出門。我跟 Una 坐著對看，迎接著即將到來的未知。

她拿出指甲刀，慢條斯理磨著指甲：「誒，你緊張嗎？」

「現在嗎？」我搖頭：「是興奮，腎上腺素預警的噴發。」

「你有警鈴你知道嗎？」她胡扯著。

我苦笑：「警鈴能幹嘛？幫我請神仙來解嗎？」

「反正，我是救不了你啦！」

「心意收到，你幫我頂著二小姐就好。」

「這個雨，真不是好兆頭。」她露出萬幸的表情：「我覺得我真的很聰明耶！沒有傻到做心理師。」

電鈴急促地響了，即便Una已按下對講機上的開門鍵，對方仍又狂按了好幾下才放手。

「God bless you !」Una 對我眨了眨眼。

話音剛落，「老師，你對我做了什麼？」老先生以飛快速度爬上三樓，在門外把傘一丟，還沒進門就發話：「我現在連……」突然他意識到旁邊有人：「哎呀！你教我的都沒用！」

老先生甩開美惠的手，拄著拐杖走進諮商室，一進來便把拐杖甩在門邊椅子上。他這回身穿卡其色獵裝，襯衫卻皺巴巴的，鴨舌帽帽緣露出凌亂出油的髮絲，「我現在連跟按摩小姐都站不起來了。你教我的都沒用！」他喪氣地一屁股坐下，看起來是對自己的勃起情況很著急，但卻衝著我發脾氣。

「要讓我知道一下大概的狀況嗎？最好從上次離開時說起。」

老先生匆匆訴說他這些天的經歷。上次離開後，他並沒察覺什麼變化，只感到全身疲憊，當晚很早就睡了，但睡得並不安穩，屢次驚醒。醒來後並沒多想，第二天就照計畫去找多年前一起合開公司的老戰友。老友中風過一次、是抗癌鬥士，但仍十分好女色，這些天他招待老先生去他各處的老相好們那兒享受各種服務。原本老先生滿心期待，想大展身手重現之前美好的按摩經驗，沒想到事情完全不按照劇本走，不只退回原先不確定的焦慮感中，更嚴重的是，躺在店裡只覺渾身不舒服，完全無法掌控勃起的狀況。

這四天內去了兩家按摩店、一家摸摸茶，原本該就此結束行程回台北，但他延長了訪友時間，還央求老友再帶他去其他店家體驗。老友以為他色性大發，給了他壯陽藥，但其實他滿心焦慮，猜想也許只是因為前幾家不適合，希望換個不同店家情況會好轉。

他又生氣又一臉哭喪的表情說：「老師，被你說中了，我真的變成無頭蒼蠅了。」他著急地說：「你到底對我做了什麼啊？」

「我沒有對你做什麼。你只是回到原本的常態，但一心想回味上次的美好經驗，又太期待這次的香豔刺激之旅，導致期待過高、但結果不如預期，必然感受到落差。」我看著垂頭喪氣的他：「期待是性享受最大的殺手啊！」

我帶著他逐一分析場域、情境。第三次諮商所談到的經驗之所以美妙，是因為他熟識那位按摩師，才有辦法在她面前冒險、體驗未曾展現的自己。但帶著這樣的期待去陌生店家，卻發現事與願違，這份挫折感影響了接下來的每一次經驗。他聽到我這麼說，露出稍微理解的表情。

「這次去之前，就大概知道會有這樣的行程嗎？」我問他。

「四十年前的好友竟然靠著臉書，透過我兒子找到我，兩人都很開心，老戰友在電話中確實暗示了說要帶我去開心、開心。」

「前一次諮商完那一晚，你不舒服、睡不好，但第二天仍然奔去台南赴約，而沒有延後或是取消？」我嘗試協助他了解自己整體的狀況，而非只聚焦在性反應上。

「我想轉換心情，我也想黑皮、黑皮。」我沒說話，凝視著他，他也回看我，「怎麼了嗎？老師，接下來要怎麼做？」顯然他期待像先前一樣，由我跟他詳細討論過程，希望離開後扭轉經驗。他渴求著在性中忘我的美好感覺。

「有兩個我們可以進行的方向，第一，跟第三次一樣詳細討論發生了什麼事、學習如何掌握與調整心態，然後你再開始嘗試；就像之前計畫的一樣，你做了一次就要回來討論一次，減少挫折的經驗，因為我必須協助你建立性自尊的心理素質，還有在你希望的場域中所需要增進的能力。」

我停下來等他回應，他卻等著我開口，「第二個呢？有沒有比較快的方法？」

他急切、焦慮，確實像無頭蒼蠅，但更像渴望酒精的上癮者。

我看著他，緩緩說：「第二個方法是，讓我引導你，了解你跟夫人之間的狀況，」不等我說完，他不耐地揮揮手：「我已經告訴你了啊！我很想念她。」

我看著他的眼睛，希望能讓他看到我的內心。「這樣好了，我告訴你，我需要知道哪些訊息，還有知道這些跟你的性有什麼關係。」他不置可否。

「我之前大概知道的是，你的外遇在她那封信之後停止，夫人改變了在性上面的回應與參與的狀態，你們開始投入並享受性。我接下來需要知道的是，你們之後就是這樣維持了這麼多年，還是有因為更年期、身體衰老或疾病而影響性生活品質？夫人是久病？還是意外離世？離世前你們的性與關係的狀況如何？夫人離世後你怎麼度過失去她的心情？你家人的狀態如何？最後是怎麼一一跟直播、按摩小姐、寡婦伴侶開始的？我說明我需要知道的訊息，記得你可以選擇跟我說、也可以直接拒絕我。」

老先生抬起頭來，努力耐著性子，不解地問：「為什麼需要這些呢？」

這次不是防衛，他是真的想知道。

「你想知道嗎？」

他點頭。

「我解釋給你聽，你聽完還是可以決定拒絕我，或是決定要說到哪裡，也可以隨時要我停下來。」他點頭表示清楚知道了。

「上次你讓我知道想念的細節，因此我明白你與夫人的關係是很親密的。只要告訴我你們性生活與關係是否有變化，再給我一個你記憶中她往生前最後的性生活樣貌，我就可以評估出關係的狀態。再來，我需要知道夫人是怎麼往生的，這攸關你與家人怎麼經歷失去生命中重要的人的心理狀態。如果是久病，你與家人怎麼跟她度過最後的日子是很重要的。如果是意外，那我得知道這衝擊有多強烈，才能評估它對你與家人的影響。然後，我需要知道你跟直播、按摩、寡婦女士是怎麼開始的，它們的重要性是，在你喪偶的歷程中，這些探索怎麼發生以及它們的功用。這一切會將你在無意識中像無頭蒼蠅般追著性跑的部分意識化。之後，你還是可以繼續用性來逃避你不想面對的痛苦，但即便是用性逃避，你都知道你是清清楚楚地選擇，讓自己不去面對想要逃避與需要逃避的痛苦。這樣，等哪一天你要面對時，才能自在面對。」

老先生低下頭，沒有回應我。

「這對你的性的幫助是，把性還給性，哀傷就該哭泣、失落就該感受遺憾、感覺罪惡就該學習原諒與贖罪。每一個感受有適合的紓解方式，而不是逃到性裡面。」他別過頭去。「有性慾、有想念、需要親密、身體需要被滋養、感受連結與回應的陪伴感，那麼就該去做愛，不要把性跟其他感覺混在一起。再加上我們一起討論出的方法與技巧，你會體驗到更有品質的性，且因為你的感官非常敏銳，我相信這些元素都擺對了以後，你可以享受非常上乘的性。」

老先生聽著我的話，神情十分複雜，有擔心、有猶豫、有冒險、有思念、有哀傷，有自責，最後他說出來的話是：「上乘的性？我配嗎？」

他來諮商是為了讓自己更能掌握性、更愉悅、更享受，也能讓性對象享受，然而談到妻子、想到家人，冒出的念頭卻是「我配嗎？」顯然，自貶與不堪、衝突、矛盾，是他抗拒面對的自己。

「等我們都整理完，自然會有答案。你握有詮釋你的人生的絕對權。」該如何讓人對自己的人生釋懷？其實，沒有一個人能用道理去說服、改變他人內心對自己最深的斷定。

而我們帶進棺材的人生，又該得到怎樣的論斷呢？

我一面等待老先生決定如何使用諮商，一面想著，因為與老先生相遇，年過半百的我第一次如此清晰地發現，面對失落、死亡、存在等議題，真誠地為自己一生寫下註腳，是一件非常有價值的事。值得給自己一個儀式，例如每年為自己辦一場告別式，定期為自己寫好給自己看的墓誌銘、遺書與遺言，真誠面對自己為人生踏出的每一步，就如同我們習慣在新年伊始時設定計畫一樣，都是非常重要的事！在被工作行程追著跑的人生中，為自己下一個註腳，提醒自己「我」存在。

老先生伸手拿水杯的動作，讓我從思緒中猛然回到當下，我才發現他今天除了衣著凌亂、沒帶公事包之外，連壺子也沒帶。看來，他是確切經驗到「性再也無法轉移痛苦反而創造痛苦」而心慌了，而且也真的想在意識裡甩掉任何可能連結上過往的自己。

老先生嘆了口氣，清清喉嚨，勉強整頓好自己，說：「我好像別無選擇。」

「你永遠都有選擇。」他看著我，一臉疑惑。「你可以繼續尋找更多花樣的性刺激、走遍全台各種性產業……」

我還沒講完，老先生說：「我沒那個體力。」

「網路上各種性花樣也很多，菸、酒精、大麻、賭博都是阻絕感受的常見方法。」從老先生的眼神中，我看出我說中了他已經開始的行為。「酒？菸？」

「我戒酒、戒菸很久了，最近確實……心有點癢。」

我點點頭，「藥物？賭博？」他搖頭。

「你知道這是惡性循環，性、酒、菸都是阻絕情緒的方法，只是效用不同，但酒、菸有可能讓你的性功能受到影響，原本想用性解決的焦慮會變得更焦慮，需要紓解焦慮時，酒會不知不覺喝更多，這是完美的上癮循環。

「你想壓抑的顯然不是讓你自尊良好的過去。你累積了很多情緒能量，不堪、自貶早在你心中啃食你、再加上無法控制自己的癮的循環，你會更討厭自己，呈現出更令人討厭的樣子來落實『我就是這麼糟』的設想，但實際上卻是在發出『幫幫我』的呼聲；這麼做還有一個目的，想讓愛你的人死心，讓他們停止愛你，減少他們因為你無法掌握自己而受的傷。」

「你曾問我如果不談過去，對你的性會產生什麼影響。今天我可以清楚告訴你，大概就會是我剛講的這樣子。」我溫柔地看著他，並不帶任何恐嚇或威脅，我必須說。

「感覺不大妙。」他嘆口氣，低下頭。

「就是一種人生而已，換一條路，也未必見得會比較好。」我由衷地說。

他睜大眼睛：「你花那麼多時間說服我，走面對自己的路，你現在又說不見得比較好。」他在氣我變來變去，而非乘勝追擊或是一鼓作氣要他往前走。

「哎呀！醉在溫柔鄉夢中願死不願醒，跟清醒活著一樣不容易，每一天都是佐著人生的苦前進，我沒法告訴你怎樣比較好，只能告訴你不同的路會看見不同風景，也會影響你身旁所有人要配合你演出怎樣的劇碼。」

接著，他跟我都沉默了。

窗外的雨不知何時停了，少了嘩啦嘩啦的雨聲，突來的安靜感覺特別安靜。

我真的很好奇，下午四點的公園老先生，如何創造他的雨天儀式呢？我也很好奇，他的家人是接納、還是屏棄他這些讓一般人難以理解的行為？

老先生就在他的沉默中，思索著要踏上哪一條道路：是從未走過的小徑，抑或是早已預見的人生終點。

不急，當你不知道要往哪裡去時，停在原點，靜待生命的安排與指引。

我清了清喉嚨，劃破寂靜，「我不知道你何時會中斷、停止諮商，這決定權在你手上。」

老先生突然回過神來，著急地想解釋上次請假的原因。

我沒讓他說，看著他的眼睛，希望讓他明白我在這裡的意義。

「我會把每一次當成最後一次，盡全力讓你看見不同的人生道路可能遇見的狀況。我也會準備好，讓你可以去嘗試，也隨時可以做不同的選擇。無論你選那一條路，我都在，即便是你沒來的時候。」

老先生解釋了為何最後一刻才來電請假，對於造成我的困擾頻頻致歉：「如果浪費了老師安排給我的時間，我可以支付那次的費用。」

「謝謝你，我收到了你對我的感覺的在意。但，我想讓你知道我與你工作的心情。」

老先生有點不知所措。

我緩緩地說出我的心情：「確實，第四次晤談，看著你因為我『你很想念你的太太』一句話而產生了巨大的情緒反應，我同樣感受到強烈的痛苦與不捨。」

他抬起頭來，眼神清澈地聆聽我的話，這對他似乎是一個很新的經驗。

「很多片刻，我很想放棄，不是放棄你，是放棄我的專業；很多片刻，我腦中閃過非常多可以讓你好過一點的方式來轉移或模糊焦點。你以為是我堅持要你面對，其實是我跟隨著你，如果你放棄，我就會放棄。然而，你沒有，你意識上不要我靠近，但你的情緒，如果可以把情緒能量比喻成一個人的話，他非常渴望被看見、被正確理解，因為他很想釋放囚禁多時的自己。」我紅著眼眶訴說著他的心，老先生把這一切都看進去了。

「我只想告訴你，那一天，你不好受，我，也不好受。你沒來的那次，的確我很害怕，我不可能沒有責怪自己逼太緊，不可能沒有對自己生氣，我質疑自己是否應該依你的方式運用我們的關係，等我們關係再穩固一點，再碰觸這個傷。我確實擔心你不再出現了。」

我整理了一下心情，「也許對你來說，我就是一個局外人，但對我來說，我會一直記得我想要跟你說聲抱歉。」他猛搖頭，要接話，我制止他，要他聽完。

「即便我知道是該走的路、即便我評估是我跟隨你的腳步前行，即便，我知道沒有最完美的時刻與方法邀請你面對人生核心的苦，即便我不知道其他專業人員能否做得更好，即便我知道那一刻我已經竭盡所能，跟隨我的心做我該做、能做、會做的事，仍然，如果可以、如果我有其他方法，我不會希望你經驗這樣的痛苦。對於那一天你所經歷的，我覺得抱歉。」他搖搖頭，眼眶有著淚水。他為自己抽了一張面紙，也遞給眼眶泛紅的我。

在這個屬於我們兩個的時空裡，我們安靜了很久。各自在各自的震盪中，品嚐著各種感覺。

「謝謝你來，謝謝你讓我有機會說完我內心對你的牽掛。」

他看著我好一會兒，「知道了，時間到了，我走啦！」他說。

他站起來，拄著拐杖，撫摸身上的衣物，突然意識到我全程開了暖氣，被雨濡濕的衣服也都乾了。他點點頭，無言地接受了我的善意，慢慢走向門口轉開門把。

聽到開門聲響，美惠急忙起身，臉上的焦急是對父親的關愛。老先生向她點點頭，主動地等著她攙扶。兩人走到大門，美惠突然問父親，「下次約了嗎？」

我接過話：「陳先生會再跟個管確認。」老先生轉頭跟我揮了一下手，走了。

「還好嗎？」從Una的眼神看得出她很關心我可能面對的情緒張力。

我綻開微笑：「又過了一關，應該搞定了。」

她跳起來歡呼，「耶！不用去找工作了！」隨即拿出桌子底下的零食，「這個時候就該吃零食。」

「怪了你，緊張也吃、開心也吃、焦慮也吃，還不會胖。」

「哎呀！你懂什麼？你以為我剛剛在外面閒著？」

「大小姐煩你了嗎？」

「沒，但我擔心你啊！」

「擔心我！」我驚訝地看著這個鬼靈精怪的好朋友。

「我擔心你搞不搞得定啊！」

我看著她，覺得很幸福。諮商室內，我在時空中穿梭，回到現實，我很需要她讓我知道我身在何處。

她推著我進辦公室，「快，快去把紀錄寫好，今天我們得好好慶祝一下。」

「慶祝什麼？誰知道後面還會有什麼事。又不是結案了。」我一臉茫然。

「誒，人要活在當下，心理師的工作，要懂得給自己肯定與鼓勵，最重要是要照顧自己的自尊，這不是由個案的回饋來得到，個案稱讚你也不用開心，個案罵你也不用難過，只有你知道自己度過了什麼。要走得久，記得，要有看見自己做了什麼的能力，即便，沒人懂你。」Una 以誇張的語調背誦我上培訓課時給後輩的提醒。很多時候，這是一個只能問進自己心裡的行業。

我關上了門，比了個手勢，告訴她我會盡速寫完紀錄，等等一起去享受她的好意。

確實，我必須問我自己，這一次，我以知識協助他再次鍛鍊評估自己性行為的能力。

我加入性成癮的知識當作鋪墊，給他多一個面向去理解自己急忙投入多元性活動的潛在動機，讓他看見，他在我面前呈現出的行為模式是「以性逃離苦」。

我用我自身的感受，讓他知道，我從未輕忽他的苦的重量。

我用我與他的關係讓他知道，「人生而孤獨」是生命的真實樣貌。但生命道途上，有很多同伴在創造、發現各種修通的方法，幫助彼此學習怎麼面對苦、面對孤獨。只要建立能力，就有可能有一點不同。是學習的心，讓你有同伴。

在互動的過程中，我逐漸知道「搞定了」的感覺。是把諮商結構校準，並在雙方建立關係的歷程中，讓對方一開始依附著我學習人生的處境，接下來畫面越來越清晰、我也鋪墊了基礎的能力建構示範後，我必須要隨時讓個案知道我的看見與他的選擇權。除非他同意，不然我沒有帶領他的權利。

然而，此刻我並無法知道，他在心中是怎麼思考這個歷程的。若是其他個案，我會要求他們說完這次歷程對他們的意義，具體化自己在歷程中該為自己負起的責任。

對於「老」，我不服。我卻因為他的「老」，對他在此歷程中所面臨的衝擊多了一份擔心、掛念。

我想，我很珍惜他，我很捨不得他，我很在意他，我多麼希望我有這樣愛得濃烈的父女關係。

但我立馬打消這一閃而過的念頭。我與老爸都是修行人，看懂、放下、不需多言，一切，盡在不言中。

在我寫完紀錄後，老先生打電話來，說：「三天後見。」

Chapter 7

今天老先生穿了灰色西裝外套，看來很顯老。沒有色彩搭襯，他露出了疲憊與老態。

我看著他：「今天想從哪裡開始？」

「就從老師建議的開始吧！」彷彿已經做好了準備，也沒有猶豫，他打開了公事包，珍惜地拿出兩個壺子小心擺放好。「就由老師覺得適合的地方開始吧！」他又說了一次。

我問了他上次晤談結束後的想法、為什麼希望由我覺得適合的地方開始，還有這三天過得如何。

他說他並不知道要怎麼做決定，也不想做決定。

這幾天感覺很沒力氣，每天就是空洞地看電視，很早就睡了。醒了也不想起床，直到美惠來按了很多次電鈴，只好嘆口氣起來開門，不得不接受孩子堅持不懈的照顧、看管。

「我其實很不想起床，起床只是為了應付她，勉強吃完算早午餐吧！我就想辦法叫她回去，然後看完午間新聞就午睡了，十足的老人生活。所以也沒什麼好說的。」他搖搖頭苦笑了一下。

「這三天，沒有進行任何與性相關的活動？網路？媒體？按摩小姐或是公園？」

「提不起勁來。」他顯得很喪氣。

「拿掉了性，突然一下子沒有注意力可以專注的焦點。」我協助他理解自己的狀況。

他看著我，沒好氣地抱怨：「你說呢？」

「很不習慣、很不舒服，我知道。」他別過頭去，不看我，彷彿被媽媽沒收完玩具、要求他專心寫作業的孩子。

其實，這是他兩年前應該要經歷的歷程吧。

「讓我知道一下，你太太在世的時候，你們的日常生活是怎樣的？」

老先生盯著壺子好一會兒，「現在想起來，其實，都是她在安排。」

他退休以後，都是太太妥善安排生活、休閒、娛樂、親情，他只需要跟隨她的腳步，就感覺活力充沛。「而且，她很少生病。」他補充了一句，話中有一種感慨。

老先生訴說著他們典型的一天。兩老幫忙帶老二的獨子，帶著孫子上市場、煮飯，他有時負責開車接送，有時在家看報、玩電腦，中飯前逗孫子玩，午睡後跟著孫子吃點心。有時他會抓緊這個時間出去溜達。他喜歡吃妻子煮的飯，一定會回家吃晚餐，然後兩人可能會一起出去散步，老二也在這時接小孩回家，接著就是他們倆的時光。太太還會定期安排旅遊，每個月向孫子請假，跟著老人旅行團四處走走，或要他開車載她去當紅的觀光勝地，他未必有興趣，但都依著她。生活雖然簡單，但也照著每天該有的行程過日子，總之，跟著太太就不會無聊。

「性行為呢？」

老先生看著遠方回憶。五年前老三結婚搬出去住，孫子也上小學了，這個稱為家的空間，終於回到兩人世界了。「沒有外人，其實真的很好。」兩人雖然為了睡眠分房很久，但早上誰先醒來就會擠到另一個人的床上窩著，有時聊聊、有時再一起睡個回籠覺，有時自然地就做起愛來了，肚子餓就起床弄東西吃。聽著老先生的描述，實在非常美好。午後金黃色的陽光，搭配老先生的描述，洋溢著滿滿甜蜜幸福。

「很美好的感覺。」

「是啊！回到兩人世界，老夫老妻，就很隨意了。」他微微地笑著，也喚起了那時的感覺。

「這個情況一直持續到老太太往生前嗎？」老先生點點頭。「那我可以了解你想念她的強度。」

他點點頭，想念的感覺已經全然包圍著他。我等了一下，讓老先生與妻子在回憶中相會。

窗臺上的紫色幸運草微微搖擺著，窗外的微風，彷彿她溫柔的撫觸。

「太太是生病嗎？還是意外？」我打破了甜蜜的氛圍，本想解釋為何如此問，同時銜接情緒的轉換，但老先生舉起手制止我，他不需要我多做解釋。「是生病、也是意外。」情緒從甜蜜又傷感的回憶中往下探索，老先生打算從兩年半前他們的美好時光直轉急下的那一天開始講。

「稍微等我一下。」我必須在他深入情緒深淵前，讓他知道陷落的途徑。「因為是生病也是意外，而且聽起來，老太太不是久病，而是很快速地往生。這並不是一個容易承受的人生經驗。」他低著頭，看著握緊在手中的壺。我輕聲說：「接下來要談的經歷，你之前跟任何人說過嗎？」

他搖了搖頭。「除了她剛往生前，親友會問，但也多半是孩子回答，我從沒有詳細說過。」

我邀請他評估自己的情緒：「你幫我感覺一下，如果你開始詳細地說，你會經驗到什麼感受？事發當時的痛苦、或是這段時間的隱隱作痛，我想讓我們都有心理準備，也知道痛苦會有需要被抒發的方式、可能會有的強度。」我嘗試讓他理解：「痛苦會浮現，但我希望盡量不要讓你在訴說的過程中太不舒服，衝擊到你無法承受。」

老先生搖頭說他不知他會怎樣，「應該就是哭吧！」

「通常失落會哭，也可能會痛哭，有時候會哭好一段時間。在措手不及的情況下，會六神無主、不知道到底該怎麼做才是對的，也會對自己、家人、醫院、病人、對老天憤怒。也可能有一段時間感覺很有目標與力量面對人生，但也可能是完全行屍走肉……這些都是很正常的狀態。」他眼神失焦，沒有回應。

「你看著我的眼睛。」

我等待著。他抬起頭來，不明所以，但嘗試著與我的眼神接觸。

從他的眼神中，我明白了。如果我有這樣的人生經歷，可能也絕對不想再回憶。

我要他仔細的看著我，我們凝視著彼此，我要他記住這樣的感覺，我要他記得，我在。

「你看著我的眼睛。」我調勻呼吸，緩緩凝視著他，「真正不防衛，去看見這痛，還有更多的是對自己的懊悔。這會產生窒息感、甚至會覺得想死，但都是必經的歷程。」我看著他，呼吸，繼續說下去。

「為了在過程中，不讓你經驗到超過你所能承受的情緒痛苦，我會適時打斷，協助你調節情緒，目標是讓你可以待在情緒裡感受自己在面對、在承受，卻不會崩解、失控，用其他方式徒勞地掩蓋那早已無法掩蓋的自己。我也會協助你從概括的回憶開始，做第一層的情緒釋放，建立調節能力，然後我再協助你重建細節。細節，才是造成最深的內在衝突的情緒所在之處。情緒是通往內在自己的鑰匙，是理解自己的管道。」

他凝視著我一會兒才移開視線，盯著壺子，「我這把年紀了，這麼理解自己要做什麼？」

「讓你有能力真誠面對你的孩子跟愛你的人，不過當然這是附帶的價值，最重要的是完成你委託我的目標——讓性回到性。」我用性，調節了一下他的焦慮。

「好深奧。」他一副不在意的表情。

「那是因為，人生，是你從沒認真學過的科目。」

「你是說當掉也沒關係那種。」他開了個玩笑，回到比較熟悉的自己。

「不是嗎？在你外遇時不也是這樣想著？在你凡事依賴的妻子往生後，失去支撐生活的樑柱之後，你不也是這樣放任自己陷落？」我溫柔地看著他說。

「這是很嚴重的指控。」他小聲說，但不帶防衛，彷彿說給自己聽。「我只是不知道該怎麼做。」

「那很好。」我喜歡個案轉到這樣的心理位置，忍不住鼓勵他，「不知道，就學習就好了。」

「現在學？很諷刺，我一隻半的腳都踏進棺材裡了。」他不忘抱怨，即便是他自己選擇要面對的。實在很像青少年。

「也是。你可以選擇。」我理解的點了點頭，對於老，這何嘗不是我的掙扎。「不過既然都說到棺材了，那我再多說一點好了，死亡不知道什麼時候來，但我希望你做好準備。我希望你的告別式是一個真誠的告別式，讓孩子們能真正的放下你；藉由放下你，才有機會真正放下失去母親的哀痛。」

老先生突然抬頭睜大眼睛看著我：「老二還是美惠跟你說了什麼嗎？」

「沒有，我只是知道你的性狀態，替她們轉移了失去母親的巨大痛苦。她對你的不滿，除了你們對性的看法不同外，還有一個原因是在為母親伸張正義。她們希望你成為匹配母親的配偶。」對死者而言，死亡是兩腳一伸的解脫，但對生者而言，卻是他們在承擔未竟之事。

老先生嘆了很長的一口氣。「來吧！」他沒有追問我性的事，準備好要往妻子留給他的最後禮物前進。

「我們一旦開始，我會增加晤談頻率到一週兩次，讓你的情緒有妥善的支撐，持續學習面對的能力。」

「好好好！都依你！」他小聲嘟噥著，「我覺得你變得好嚴厲。」

「因為重要的是你。要解開這個家的結，你是很重要的人物。」結構設定好了。

「那現在要從哪裡開始？」老先生問我。

「就從那美好的一切，急轉直下的那一天開始吧！」

那是一個晴朗的午後。他午睡醒，打算找太太出門去逛逛，卻發現她蜷縮在床上，臉色蒼白。太太說，肚子很痛，這陣子腸胃不適，常常如此，過一陣子就好了，不用太緊張，要他自己出門去走走。他逛了一圈，買了妻子喜歡的甜甜圈，回到家卻看到妻子躺在客廳地上。他慌了手腳不知該如何處理，妻子虛弱地叫他打電話，看哪個孩子有空接。他記得他拿起室內電話話筒，腦筋一片空白，完全想不起任何電話號碼，還是太太提醒他用手機撥才一一聯繫上。

美惠第一個趕到，不久救護車也來了。進醫院後就開始一連串檢查，在檢查與等待結果的期間，妻子還跟他開玩笑說，別想得太美，她不打算現在就走。但隨著疼痛越來越嚴重、越來越頻繁時，「她一直跟我說她想回家，希望我帶她回家。她不知現在在面對的是什麼，但如果要死，她希望好好準備、好好跟我說再見、跟孩子說再見。她說她不需要等診斷結果出來，她知道自己快死了，她可以面對，希望我支持她。」說到這裡老先生已泣不成聲，這一切的回憶令人心如刀割，不是因為面對死亡，而是面對了自己無助地背棄了妻子的懇求。

「你太太很睿智，她很清楚她要什麼，但這個決定對你、對任何一個人來說都太難了。在不知道面對的是什麼的時候，誰能為親人、伴侶堅持做出放棄醫療的決定？」我幫他說出了他的難處，無法在意識上原諒自己的原因。

逐漸地，哭聲轉為哽咽。「我沒辦法，我真的沒辦法，我沒有能力做這樣的決定。」他嘗試理解自己的難處，從往下沉的情緒壓力中，努力浮出水面喘一口氣。

「也許你會生她的氣，為什麼這麼輕易地把這重擔交給你，要你去跟『盡力拯救妻子生命』的道德良知為敵。」我幫助他看見自己無助的憤怒。

「我那時候確實很氣她，我不知道她到底多嚴重，我跟她吵架，要她自己跟孩子說……」老先生泣不成聲地懊悔：「我說，哪一個孩子支持她，我就一輩子不跟他講話。」

「你的憤怒，是想否認她已經準備面對的死亡。」憤怒在此刻很正常。還沒看到盡頭時，誰都不想放手，然而這也是殘酷，對生者與面對死的人，都是。

「我不想、我不要！」他羞愧地、自責地啜泣：「我甚至跟她說，不要那麼小題大作，查不出原因就是正常的。我甚至懷疑是不是她裝的、或是太敏感，也許其實根本沒事。」

悔恨自己在情緒慌亂時說過的每一句話，每一句話都是徒勞地想掌控正在發生的失控。我讓老先生用眼淚釋放悔恨。天色漸暗，混雜著悔恨、憤怒、羞愧的過去，誰也不願回想。

「我想你已經看到接下來的畫面了，在我們往下談之前，你稍微調勻呼吸。」我帶著老先生做了幾個深呼吸，直到他可以離開悔恨，回到現在跟著我呼吸。

「剛剛，你翻開了塵封的記憶，第一輪經驗到悔恨，來自於當時嚇壞的自己，相較於妻子面對死亡的力量，更顯出自己的軟弱無力。無力會讓人憤怒，憤怒之下說出來的話讓後來的你後悔萬分。」在我替他重述這段歷程的同時，我以手勢指引他繼續保持呼吸。

「在我們往下前，讓我先知道一下你此刻的狀態。」

「要知道什麼？就是很痛苦啊！恨不得時光倒流，我會……」

「你會？」

「我還是無法，在那個時候答應她，我了解她……但我無法……」

「你了解她……」

「我了解她……」他很難把對她的了解有條理地化為語言，那是在每日、每刻的互動中留在心中的明白，「你知道她的個性、她所重視的……」

「我知道她總是看得懂我看不懂的事、我知道她不喜歡西醫、我知道她更希望平靜、我知道她……害怕……她總是照顧著所有的人……」

「時光倒流，你會……」

「我還是無法答應她……不管檢查結果，回家……我沒辦法……」

我等著他的淚，宣洩著清醒地活的痛苦。

「如果時光倒流，你會抱著她，跟她說，我知道你不怕面對死亡、我知道你害怕沒辦法在平靜中交代完後事……我知道那對你很重要，但我無法在現在什麼都還不知道的時候，答應你回家。在等待結果的時間中，讓我說說我有多愛你。」

老先生立刻痛哭失聲。那痛，在訴說的是多麼希望能在這珍貴的時刻，盡己所能讓她感受到連自己也未曾感受過的自己的力量；那哭，是很清楚地知道自己錯過了。

我等待著他盡情釋放情緒。慢慢地他累了，情緒逐漸緩解下來。

「來，繼續跟著我呼吸。」我帶領他專注在呼吸上，他跟上我的速度比上次快了些。

「悔恨不是容易消化的情緒，裡面藏著非常多的抱歉。」

「我很抱歉我真的很抱歉，我無意說那樣的話，你支持我一輩子，我好希望在你需要我支持的時候，我有能力支持你。但那個時候我真的無法。」

他喘了口氣，「但是，不只是那時候，我後面沒有一件事是做對的、是站在她身旁的。」自責、自貶、自厭、自恨有時讓人從無力的痛苦中，至少找到一個可以攻擊的對象。

「你準備好往下了嗎？」我打斷他，「你先調勻呼吸，讓我知道你現在的狀況。」

老先生茫然地從對自己的憤恨中抬起頭來看著我，他不知我在問什麼。

「一開始，你打算說出壓在心中那些難以面對的沉重情緒與經歷，我先踩了煞車，跟你說明訴說過去的意義。你明白了這一點、也分享了跟妻子的愉快時光，開始要碰觸深層情緒時，我又踩了煞車，告訴你這過程不是告解，因為告解後的無力感會讓你重複淹沒在痛苦中而再次深陷孤獨，沒有人能幫你解除罪疚的牢籠。你會發現說出來並沒有比不說好。更糟的是，你會比之前更無力、更罪咎，因為這一次你還找了專業人員。

「我們的目標是增加你停留在痛苦中的能力，必須具備這個能力，你才能夠真正在人生中停下來檢視哪些是真的、哪些是人之常情、哪些是無解的念頭、哪些是人生必須面對的承擔。唯有如此，你才有能力梳理情緒，真誠面對人生、自己跟所愛的人。

「在你準備好往更深處走的時候，我要確定你知道我們在做什麼？因為接下來你要進入的痛苦境地，可能連光都未到達過。」

老先生茫然地看著我，有一個片刻，我不知道他在哪裡。

「看著我的眼睛，陳先生。」我把他拉回來：「我們不是要求死，我們在求重生。記得，不是為你，是為了你愛的妻子跟孩子們。」

原本要擎起大刀砍向自己的他，被我一打斷，頹然放下刀，癱軟在椅子上。

「我們今天到這裡好嗎？」

他虛脫又驚訝地看著我。我猜原本他是打定主意把所有痛苦傾倒出來的。

「累壞了吧！」

他無力地點頭。

我請他拿出筆記本。我翻到空白頁，將紙從中間對折，請他在左邊寫下探索過去最重要的目的是「重建之前沒有的能力」，並把他記得對他重要的能力寫下來。

老先生拿著筆，久久無法下筆。

「記得第一次來你問我三個問題，你在跟我的工作中所經驗到的不同體驗嗎？我們來想想，今天對你來說，最新的經驗是什麼？」

「哭。我不知道我會哭成這樣。」

「害怕嗎？害怕自己這樣哭嗎？」

他遲疑了一會兒，似乎原本以為會害怕，現在卻不是那麼確定：「我不知道，我不知道離開之後我會怎樣？」從最初陷落過去情緒中，隨著我帶領他回顧歷程，他感受到當下、想到未來，接著又回到現在。「老師，」他抽起衛生紙擦臉擤鼻涕，說：「你有想過，走出諮商室後，你的個案要經歷怎樣的痛苦嗎？」

我看著他，心中為他能精準地說出害怕而喝采。但我不動聲色地說：「你覺得呢？」

他懷疑我一轉頭就會忘記他，留他一個人在痛苦中。如果，他心中曾閃過「這一切只是心理師的工作」的念頭，我也不怪他。

他陷入沉思，思考著：心理師，真的會在嗎？

「我聽到你在跟我說，幫幫我，我害怕一個人回去面對排山倒海的情緒。來，」我指著筆記本：「我們把今天體驗到跟學到的東西寫下來。你今天學習到哭的能力。寫吧！」

他手中握著的筆動了起來：

(1) 哭
(2) 慟哭
(3) 不怕哭
(4) 面對

⑸ 求原諒與不原諒

我在「⑴哭」「⑵慟哭」「⑶不怕哭」的右邊寫著：「會一直哭到眼淚流乾的感覺，是源自對她深深的愛」。

接著我在「⑸求原諒與不原諒」的後面寫著：「接受自己沒有能力的眞相，與悔恨的自責會反覆在腦中出現，那是因爲她給你的愛，讓你期望自己成爲更好的丈夫」。

我在筆記紙對折的中線上面寫著，「告訴自己，一次一點，才能學會承受情緒的能力」。

我告訴他，這段時間所湧出的過去會帶來錐心之痛，如果很難受，可以用他習慣的方法來緩解、轉移，做什麼都可以，包括「性」。只要告訴自己：「我知道自己現在用性/酒/找小姐/搭訕，是為了轉移我無法面對的痛苦。等我有能力面對了，就可以有我的選擇，但現在我要給自己時間慢慢理解發生在我身上的事。」

我一面寫、一面唸給他聽，一邊解釋、一邊確認他看得懂我的草書。

老先生默默收回筆記本拿在手上，又打開看了一下。

「回去每天看三次，有左邊或右邊的心情，都要拿出來記錄，有痛苦或不解的地方，跟自己說，來諮商室再談、再處理就好。記得我跟你說過，這扇門的內外是兩個宇宙，我們現在只是慢慢地把它弄成一個而已。」

老先生不知道是真懂還是出於禮貌，點了點頭。

他試著站起來，一個踉蹌又跌坐回去。「不用擔心，這都很正常，哭是非常累人的。等一下我沖一杯薑母茶給你，喝完就好了。等等我也會跟美惠談一下，我不會告訴她今天講的內容，但我會說我們正處理很核心的議題，情緒波動是很正常的，基本上你可以自己處理。」

老先生點點頭。

「我會跟她說，我們兩天後就會再見面，我會繼續處理，請她放心。」

老先生站起身，緩緩走向門口，握著門把良久。我知道他害怕，如果是我，我也會害怕。怕的不只是自己的情緒，更是家人關懷的眼光，會讓人不知此刻到底該照顧誰的感受。

「我問你幾個問題，我們一起調節一下，再回到門外世界的狀態好嗎？」

他點點頭，我伸手幫他旋開門把，「我沒跟你介紹過我的茶水間吧？」

我帶著他到茶水間沖了杯薑母茶，並拿出那瓶我深藏卻無法面對的昂貴東方美人茶，「這是我最害怕搞砸了的茶。你幫我看看，要怎麼品？」

他打開來聞了聞，說：「香味層次鮮明。」接著倒出幾葉茶葉，含在口裡閉眼品味，彷彿純然與茶同在。「有苦澀也有甘甜，回甘的韻味很深長，留芳很久。」

我看著他，生命無論苦澀甘甜，只要細細品味，都能韻味深長地傳遞出來地球一遭的滋味。

「希望有一天，這茶能由你泡出它該有的滋味。」我說。

他看著我，意味深長地點了頭。

走到接待區，夕陽的光線從窗台穿過我們的背，撒向早已起身迎接父親的美惠。斜陽中，美惠看見父親的神色，表情從微笑轉為擔憂。我正打算說明，老先生似乎也注意到美惠的擔憂，笑著說：「沒事沒事，來做諮商不哭好像有點怪怪的，人生總得哭幾回啊。老師說哭是什麼……？」

「哭……」我一時語塞，情急之下脫口而出：「眼淚是用來清理心理傷口的生理食鹽水。」

老先生驚訝地轉頭看著我，我雙手一攤，「我也不知道為什麼接這句，呵呵，語句接龍的概念。」

他不想讓孩子擔心，試著真誠表達自己，我則以無厘頭的輕鬆回應，表明與他同在。

趁著他喝薑茶的時候，我向美惠說明老先生回去後可能會出現的狀態。美惠點頭，眼神仍有點不安，但無法多問，因為老先生已不耐煩地想走了。

關上門，我才察覺接待區流洩著療癒天使的音樂。我站在窗前，眺望已轉為深藍的天色，遠方大樓的燈光一一亮起，在這個安靜的小區，閃爍出大都市的情懷，就隔著一條街。

「喏！」Una把杯子推向我：「這茶，問我就對了啊！我以為你要送人。」

她為我沏了一杯昂貴的東方美人茶，茶香四溢。我安靜地讓茶的氣息進入我的鼻腔，滲入身體，以一份感官的感受留存在心裡。我握著杯子，心想，不過就是泡一杯茶，我卻如此害怕搞砸。不，是每個細胞都在確認自己會搞砸，讓我無法行動。而這只是，一杯茶。

「我要走了。」Una迅速拿起包包，沒等我回過神來，她已經走到門邊，難得沒跟我胡扯兩句。「別跟我說話，我要趕快離開了。」

「怎麼了嗎？有事嗎？」

「免得我忍不住想問，老男人的眼淚，故事肯定很多。」碰的一聲，也沒說聲再見，人就走了。

是啊！年紀是生命經歷的堆疊，豐厚的故事，有時反而不知從何讀起。一個好聽眾，會讓故事自己散發芬芳。

傷痛的經驗，必然讓人感到痛苦，這可以理解。

但痛苦有非常多層次。從事件本身、生命經歷、相關人的關係狀態、自己的人格結構、文化中對於傷痛議題的角色、性別的價值觀，都交錯地影響當事人如何解讀苦痛。

我很感謝，老先生把他極度脆弱的一部分交給我，我也很感謝他信任我這個非典型聽眾。他允許我截斷了他溢出腦子的諸多傷痛畫面，願意相信我的話，重要的不只是讓情緒宣洩，而是能對自己的情緒有新的體驗。

聞著茶香，體會茶韻進入口中的變化，舌根感受著苦，氣味卻是甜，喉嚨則感受甘韻。品著茶的苦，是為了體驗隱含其中的甘甜，我從來不知道，原來品茶的人在體會的是這樣的感覺！我想到諮商室中的我，跟著老先生進入他的苦，窺見他的心靈為了逃避這苦，建構出層層疊疊交錯的迷宮世界。在與老先生同在的時空中，我彷彿是時空旅人的引路人，過去與此刻同時存在兩人共處的空間，我探詢著他心靈迷宮的出路，一步一步摸索，踏穩前行。

今天只是故事的開頭。主題彷彿是死亡，但在還沒處理到面對死亡，妻子怎麼死的創傷已深刻震撼著他。從他與妻子的關係，照見他從未擔負過的責任；他是一家之主，卻依附著妻子，她才是這個家的主體；他的手足失措與無能為力，深深打擊了自己。還可以多錯呢？他說「我之後所有的做的都是錯的，都沒有站在她身邊」。面對自己的真相，才是最深的痛吧！

今天他練習看見自己的不堪，跨出了艱難的第一步，我覺得他做得很好，就先到此為止吧！我希望他一層一層地面對苦，就算是凌遲，也是面對著自己一步步走下去，而不是殺掉那無能的自己，以墜落來求解脫，或自我懲罰。

我在紀錄紙上拉出了時間軸線。到目前為止，我了解到他與妻子之間的性，第一次性行為就懷孕，跟妻子的性讓他覺得自己像禽獸，一直到妻子寫了那封信，並做出讓他滿意的轉變，我可以明白，他所追求的性，是投入的、互動的、交融的。從兒子離家到妻子往生之間這五年，夫妻倆終於回到了年輕時一直沒嘗夠的卿卿我我。他所描述的日常，應該是老人伴侶值得享受的，令人羨慕的美好時光吧！

銀髮伴侶沒有了中年發展事業、養兒育女、侍奉長輩等林林總總的責任與壓力，也不再有青壯年時精力過剩、對人生還懷抱不滿或夢想的浮躁與不定。如果可以不必為了金錢而煩惱、身體也保養得還不錯，剩下來的時光，是兩人相伴的黃金時期，或許少了激情的悸動、純粹生理式性慾發洩的需要，但就恣意地浪費時光，享受彼此皮膚的皺紋，誰也不急著去哪，就在各種身體的垂墜之間探索情慾緩慢的喚起、體會性反應瞬間的來去變化，學著不以高潮為目的耳鬢廝磨，陪伴彼此的各種狀態，對什麼都能一笑置之。

能享受到這樣的美好，實在非常幸福。

因此，我知道，無論他最後在死亡面前是怎樣狼狽，我仍維持我的評估，他太太早已明白且原諒自己所深愛著的他。

生、老、病、死，是人生必然的旅程。

但，問進心裡，誰真的準備好了？

要準備好面對這一切，需要具備哪些能力呢？這從不是找好禮儀公司、簽下生前契約就可以解決的。身後可以處理的，是儀式，然而無法處理的，是生者仍懷抱的情感，無論是懷念還是糾葛，生者藉此讓死者重生。

人很奇妙，任性地揮霍著身體，卻又貪生怕死，這就是人吧。

Chapter 8

兩天後，第八次。

樓梯間傳來高跟鞋登登登的聲音，我跟 Una 對望一眼，二小姐來了。

她推開門，氣勢十足地走進來，瞪著準備迎接老先生的我開門見山道：「你對我父親做了什麼？上次諮商完，大姊說我爸失神落魄的，抱怨眼睛看不清楚，視線模糊不清，吃東西也沒味道。我昨天帶他去掛急診，查不出原因，本來要他住院，但他堅持要來你這裡……他又不說你對他做了什麼。你如果不交代清楚，我不允許我父親繼續跟你談下去……」

就在她連珠炮轟炸的話音中，老先生緩步蹣跚地走進了諮商室。我知道二女兒那直勾勾的眼神，是尚未從對母親死亡的創傷震驚中平復的反應。我很想說些安慰的話，但在此時，任何安慰的話都看輕了死亡的重量。

我欠身對她致意，專注看著她，期盼她能收到我的理解。

然後我轉身，尾隨老先生進入晤談室。他看了椅子一會兒，彷彿第一次來很陌生似的，楞了一會兒，才扶著把手坐下，雙手摸索著口袋，顯然在找東西。「啊！今天得喝老師的水了。」老先生垂頭沉默，看著地上。

「這兩天，很難受嗎？」

他眼淚簌簌流下，「就一直哭吧！我很不想起床，覺得孩子們應該去過他們自己的生活，不要一直管我。」

「美惠會來照顧你三餐？」

他點頭，「她很早就來，一直待著不走……」

「他們比較習慣在性上面混亂的你，至少還有個可以說服自己的道理。現在的狀況他們可能很難理解，我來想想怎麼處理。」我自言自語說著：「那你呢？這兩天都怎麼度過的？」

老先生沒有看我，拿著面紙擤著鼻涕，「美惠在的時候我就一直看電視，真的覺得眼睛模糊不清，確實也很沒胃口，食不知味。」

我點點頭：「吃不下，也是很正常的反應，有時甚至會想吐。」

他沒回應我，繼續說自己的狀況：「我很早就睡了，七點多。因為希望美惠早點走，至少我還能自在地哭，哭一哭就睡著，醒來又哭，睡得很不好。」

「有做夢嗎？」

「前天吧。」

「諮商完的那天晚上？」

「嗯，半夜做惡夢，一身冷汗，然後就醒了。」

「記得夢的內容嗎？」

他搖頭，「我很少做夢。我是很好睡的人，總是一覺到天亮。」

「還記得夢的片段嗎？例如嚇醒的時候，有沒有留下什麼片段的畫面？」

「黑……有東西在啃我的身體……」他冷不防打了個哆嗦，彷彿身體回憶起夢中的感受。

「身體哪個部位？頭、胸部、耳朵、背……」

他點頭。

「那個啃你的東西是一個還是很多，是同時還是輪流？」

「很多，一起。」

「你可以反抗還是被限制住？」

他想了一下，彷彿在喚回那個場景：「身體不能動彈，但沒有感覺被限制。」

「知道是什麼啃你嗎？」

「不知道，看不到。」

「只啃上半身？有啃到下半身？陰莖、睪丸或肛門嗎？」

他想了想，面露噁心的表情，「有。」

「啃，有傷口嗎？」

他突然想起似的，「咦，好像沒有。」

「所以是恐怖的感覺，被限制、不能逃脫的感覺，但並沒有真的啃……有到尖銳物還是牙齒咬嗎？」

「就是有東西在弄這些地方，我以為是啃……你這樣問，我也不確定了。」他混亂地說著。

「你最記得的是害怕的感覺，在夢中你最怕的是什麼？」

老先生很認真地回想，「我不知道發生了什麼事，怕無法逃脫、無法反抗。」

「受制於不知名的外力，卻無法反抗的狀態？」

他點頭。

「如果可以重塑這個夢，你會希望看清控制你的是什麼嗎？」

「夢……就是夢啊！我不大信這一套。」他沒打算回應我。

「先不管信不信，我是說如果可以知道是什麼在掌控你的話？」

「當然啊！如果可以看清楚的話，也許就有些辦法……」老先生對於夢沒啥興趣也沒把話講完。

「好，那你要繼續談這個夢，還是從兩天前中斷的回憶開始？」

老先生嘆了口氣，苦笑：「真是被你搞得無處可逃啊。來吧。」

「前兩天我們練習了，停在痛苦中，痛苦會反應在身心上面。這很正常，以目前我們見面的頻率，可以撐得住你陷落在痛苦深淵的狀態，今天我們會持續練習在情緒中維持住自己。」

他很輕地點了一下頭，表示他確實很想閃避，但也不得不同意。

「上次談到，你太太被送進醫院，腹部很痛但還查不出原因，醫生是一直找不到原因嗎？」

老先生安靜了很久。「昨天我終於翻開老二給我的一堆資料，是胰臟癌末期。我太太是死於胰臟癌末期。」胰臟癌是非常難發現的癌症，一旦發現通常已是末期，往生的速度很快，但仍至少有幾個月。

「你是昨天才知道嗎？」

他搖搖頭，「那時候醫師做了檢查之後，有跟我們說明這件事，我知道危險，但我不想知道是什麼病，老二查了很多資料給我，可是我不想看，我不想知道是什麼病害死我太太的……」老先生默默流著眼淚，「我覺得自己很懦弱，連面對太太的病的能力都沒有。我這輩子從來沒覺得自己那麼沒用過……」

我讓他停留在悔恨自責中。認識自己，是每個人的需求嗎？在死亡面前看見自己的懦弱，真的非常令人難以承受。太太往生的歷程殘酷地逼迫他看見自己的真相，這是誰都始料未及的。

「我知道今天一定得談到她的死因，所以昨晚我拿出資料，仔細看了。我發現確診到往生速度非常快，真的讓人措手不及。」

我點頭，而且非常的痛。

「非常，是我無法想像的痛……」

我知道，因為我的愛犬就是胰臟癌確診後一週內往生。我知道那個痛，在他身上，在我心裡。

「醫師說明的那一天，你們家人怎麼面對？」

眼淚又從老先生的雙頰滴下：「那天醫生說以她嚴重的程度，無法再做什麼積極治療，建議轉安寧……」

「當時孩子們都在嗎？」

他點頭。

「大家的反應呢？」

「我不記得了，印象中只有一片混亂，很吵，美惠在哭、老二很激動地在跟醫生說話……我頭好暈，一切都離我好遠……」老先生握著拳頭，任眼淚直流，「我只記得老三一直叫我、一直叫我，等到我回神來才發現自己莫名奇妙已經站在門口，要開門出去了。我不知道他們在說什麼，我只想離開，不想在醫院，我不想知道這些事……」老先生低下頭抽泣，「我不怪我孩子鄙視我，我完全不值得信任，我到那天才知道沒了我太太我什麼都不是……」

我安靜地觀察著，他的自責已經傷到自尊了。

「我不記得那天怎麼過的，我甚至不記得我有沒有哭……我只知道老三攔住我，老二堅決地說了好多次，不能讓媽媽知道，不能讓媽媽知道。」他加強著音調，「她最後一句說，你振作一點，絕對不能讓媽媽知道。我知道她那句話是衝著我說的。」

我看著他心想，感官敏感的他，這些畫面、話語、氛圍、感受對他而言是多麼強烈，他要花多大力氣才能壓抑住那些閃現的片刻。

老先生回憶，那天稍晚他回到太太床邊，看著孩子們正常地跟母親互動、照料母親，談著無關緊要的瑣事，逃避著每個人都不想面對的真相，妻子回應著孩子的好意陪伴，「我只覺得一秒也待不下去，找了個理由就離開了。」老先生低頭慢慢閉上眼，皺起眉頭，滿是捶心的懊悔。

「我們在這裡停留一下，把畫面看清楚一點。」我協助他詳細描繪彼時情景，在醫生宣達死亡迫近的那日，他怎麼面對妻子、家人、自己，是慢慢接受或是永遠無法接受。這些都沉入他內心的深淵，所有出於無能面對痛苦而產生的行為，都在日後轉變成羞恥、懊悔、自責，侵蝕著他。表面是逃避，裡面卻是極深的思念。

「老二替大家決定向母親隱瞞診斷，孩子們很努力地轉移母親想知道事實的期待，那你呢？你跟妻子有任何互動嗎？」

「我不記得了，也許隨意幾句話，我只記得一刻也待不下去的煩躁，我滿腦子只想走。」

「煩躁、焦慮、有一種壓迫感、喘不過氣來，」我描述出他語句、聲調、表情中所傳遞的感受，老先生點點頭，「還有……無法面對她的羞愧感。」

「她看著我的眼神，讓我很難受。」

「你看到了她對你的期待。」

老先生低聲說：「我知道她感覺到什麼，我知道她想聽我說出真相，」他無聲地流淚，「我不知道該怎麼辦，我不知道要怎麼告訴她，我也不知道要怎麼隱瞞她而還能在她旁邊……」老先生啜泣著。我停下來等待他宣洩無助感，壓抑著想安慰他的念頭。

在那腐蝕著自己的酸楚中，看見的是無助的自己，那不可怕，那也是真實的自己。

「我只想逃開、我只能逃開。」終於，他哭出聲。

「但你即便出了門，仍然會發現無處可逃吧！」

當你想逃開的不是一件事，而是自己，會發現天地之大，卻沒有能離開「自己」的容身之處，除非買醉、買性、把自己埋入各種癮的叢林。

「我不想回家，我不敢回家，我不想見到任何我認識的人，我不知道該去哪裡。」

「我們試著回憶一下，你去了哪裡？做了什麼？這一天最後在哪裡渡過的？」

他立刻大力搖著頭：「我不記得了。」

「好，我們先把這個部分放下。那之後見到太太時，你心中懷著著這個祕密，你們怎麼互動？你的感受、模糊片段都可以。」

老先生再一次突然哭出聲，「我只記得，她反覆跟我說，她知道孩子捨不得她走，她要我說服孩子，即使查不出原因，她都可以感覺到自己時候快要到了，她想回家、不要急救，只想回家過幾天不像病人的生活，好好跟孩子孫子相處，兩個人抱一抱、說說話，她就心滿意足了。」他嚎啕哭了起來，「每次她跟我說這樣的話，我都覺得無比地難受，她的願望不大，我卻無法無法替她做到。」

「在臨終前，每一個決定都是無比沉重與難以承受的。」

「我沒辦法，我沒辦法面對她，她想回家。」他強忍哭泣，繼續說：「孩子在商量要轉院，老二堅持，她說服所有人用最先進的治療，吵著硬是要把她轉到教學醫院，她認為就是要盡一切力氣，這沒有什麼，辛苦一點，一定可以戰勝病魔，大家後來一定會感謝她。這個過程，我很痛苦，我知道那不是太太想要的，但如果讓她辛苦一點真能活下來，誰又能做出放棄的決定呢？」

我深深吸了一口氣，太沉重。我知道這個家，我可以看到那畫面。大家都沉默了，由老二一個人做出了艱難的決定。

「後來轉院了嗎？」

他流著淚點頭，「她已經很累很累，可是為了要開刀，又重複各種檢查。」

我們都停了下來，卻停不下那過去最需要停下來的時刻。

「這不是她所希望的，她有因此情緒失控嗎？」我打破靜默，想從他的回憶中，體會她經歷了什麼。

老先生突然停下來想了想，「沒有，轉院後她沒再提過回家的事……」又從這個角度在記憶裡搜尋，「她好像就這樣接受了。」

老先生停了很久，才又開口，從自己的痛苦中走出來一點：「她也知道孩子們的脾氣，她應該是想到如果進安寧病房，或照她的意思回家，往後的日子孩子也會很痛苦。這是她愛他們的方式，接受孩子的安排。」這次他的眼淚，是感受到太太對他與孩子們的愛。

死亡，不只是亡者一個人的事，生者未來仍必須與死的歷程共處。每一個決定，該照顧誰的心情？都是難。

老先生彷彿想起了某個埋在記憶深處的畫面，在極度自貶中看到自己做對了一件事，「我太太手術前一晚住的是單人房，我可能是害怕手術的結果吧，那天我帶著她最喜歡的音樂跟甜點去陪她，找藉口支開孩子讓我們獨處……我摸她……」老先生彷彿看見往事重播，「啊！她瘦了好多，我想起來我摸她的感覺，她的臉、手，我摟著她，摸她的頭髮、她的胸部、她的鎖骨、扎著針的手……她的肚子……」停頓了。

我補上：「陰部。」他微微點頭。

「大腿。」

他笑了，「我也拉著她的手來撫摸我。」

「她跟我說，這一生能跟我很幸福。有三個孩子、三個孫子，很幸福，她很滿足。她跟我說，謝謝我曾為她回到這個家，她走了後，要我繼續享受人生，開心地活。她希望我要幸福地活著。」原來，她的愛早已原諒了他。

「她是在手術中因為失血過多而走的。」到了這一刻，他反而平靜了些。「當場不能說沒有這樣的心理準備，醫生出來說明時大家哭成一片，但我覺得好像在演電影，不過……也有一種鬆口氣的感覺。」

「為死者、為生者都是。」

他抬起頭來看著我良久，「如果我昨天沒有看過胰臟癌的資料，我應該會覺得你說這句話，很不應該。」他的意思是，知道了疾病真實狀況，比較能接受死亡是解脫。

「不是因為你看了胰臟癌的資料，是因為在你允許我靠近你家的重大哀慟事件這過程中，你經驗到我協助你釋放各種情緒，讓情緒還原，情緒就是情緒，無關愛或不愛、尊重或不尊重。你知道我完全沒有看輕你們一家人所面對的痛苦。」我嘆了口氣，「解脫，只是這歷程中會出現的一種情緒，但也從未因為有這情緒，就讓生者面對死亡容易一點。」

從自貶開始敘述，直到看見妻子明白自己為她所做的事，他也明白了妻子的愛，那個時空已不再只有罪疚。他回到了諮商的此刻，顯然從這一輪抒發中緩解了出來。疲憊，但似乎輕鬆了一點。

「說到這裡還好嗎？」

老先生點點頭，「比較習慣哭了！」

「對痛苦呢？」

他點著頭說：「這是該面對的。」

「對自貶呢？」

他沒接話。

「我想回到你忘記的那個現場。」

「什麼？」老先生驚訝地看著我，一下子銜接不上，又想了一會兒才說：「可是我真的想不起來了啊！」

「在妻子重病的意外中，你一直經歷不知所措、無助、無能感，這是每個人面對這種狀況都可能會經歷到的，畢竟我們迴避死亡比面對生命更擅長。」

我停頓了一下，等待他。

「但今天慢慢地梳理，我發現除了死亡帶來的失落，最難承受的是面對自己的真相。你剛剛說，沒了太太你什麼都不是，你突然發現你所擁有的家人、生活、生命，幾乎都是妻子一手打理出來的，失去了她，你幾乎發現自己什麼都不會。在死亡面前，要面對自己的不堪，是很難消化的情緒。」

我看著他，「煩躁、焦慮的感受會讓你想逃避。在被生命逼迫得那麼緊的時候，你是用什麼讓自己好過一點？做什麼會讓你喘一口氣？喝酒？菸？性？你要不要感覺一下，或許會想起一些畫面。」

我放慢速度、溫柔看著他，希望他知道題目很有壓迫感，無處可逃，但我希望他承著前面的體驗，懂得唯一能釋放他的還是他自己。

「這很重要嗎？我面對自己的脆弱無能懦弱還不夠嗎？」

「因為你面對了、接受了自己，我們才有機會原諒那時為了轉移情緒所做的任何事。」我鼓勵著他。

「會不會，我不應該被原諒呢？」他搖著頭說。

「想留起來懲罰自己嗎？可以的，講出來後可以想像被另外一個人——」我指了自己一下，「知道後更加無地自容，你絕對有權利繼續懲罰自己。」老先生嘆了口氣，顯然，他沒有忘記，只是過去齷齪地讓他難以啟齒。

「是跟性有關，對吧？」

「我覺得我在你面前完全赤裸。」他無力抵抗地說。

「你感覺到難堪跟羞恥，但，是我讓你有這樣的感覺的嗎？」我溫柔地鼓勵他。

他搖頭。

「前面你講出自己的懦弱跟不符合自己所期待的丈夫或父親的言行後，羞愧感是更沉重，還是稍微鬆動了一點呢？」

他感覺了一下，「沒有壓在心底時那麼可怕。」

「那我解讀『你在我面前完全赤裸』這句話，是『過去自己的感慨與現在自己的願意』。」

他嘆了口氣。

「來吧！你逃離醫院後，不知要去哪裡……」我幫他開了頭。

「我搭捷運一直繞，也不知道要去哪，最後實在很累，回到家附近，但我不想回家，我怕回家……我害怕一個人面對，也不想要孩子在身邊……」他喘了口氣繼續說，「我在家附近的公園晃，找了個比較沒人經過的樹叢邊的椅子坐了下來，突然看到樹叢旁邊有兩個人影，抱在一起一直摸，男生把女生的腳抬起來跨在樹幹……他就壓著她靠著樹……幹了起來。」羞愧感讓老先生停了下來。

「你也跟著自慰了嗎？」我幫他說出難以啟齒的自己。

他點點頭，「想做的感覺直衝頭腦跟下面，什麼都顧不了，也忘記自己在哪裡。」

「他們有發現你嗎？」

他搖頭。

「你自慰有被人發現嗎？」

他搖頭。

「他們做好久喔。換很多姿勢。」老先生小聲地說。

「你一直跟著做或是撫摸自己？」他的頭垂得好低，幾乎碰到膝蓋了。

「直到手機一直震動，我想是孩子在找我，才趕緊回家。」

「那接下來，『性』應該是你調節情緒的主要方法。晚上常去公園？」

「我從醫院回來，就會去公園一直晃。」

「有再看見這樣的場景嗎？」

「沒有那麼激烈的，就是一般情侶撫摸。」

「那你……」

「我就在不同的角落自慰，我不想回家。」

「搭訕呢？這時候也開始你之前提到的其它性的探索？直播？按摩？」

「我只記得從那天之後每天都性慾亂竄，妻子往生後，家裡設靈堂，每天人來人往的，但我躲在房間裡面……我不想出去，一切都交給老二跟孩子們……就是那個時候開始玩直播主的。」

這回的神態，不像第一次晤談時那種「老人也跟得上時代潮流」的自豪，而是強烈的羞愧。他低著頭，我等著他。

「有一天我一個人在家裡看，突然老二開門進來，她有叫我，可是我完全沒聽見，她看到我在看……整個抓狂，應該是從這事之後，我們就沒好好說過一句話……」

都講出來了，總算是鬆了口氣。

「老二看到你在看直播自慰的畫面。」

他點頭。

「你背對著她。」

點頭。

「那你們兩個在那時候應該都非常驚嚇。」

「是啊，我嚇到立刻軟掉，腦筋一片空白。」

「然後呢？你們有談嗎？還是當成沒發生？」

「她在我房門外等我，我整理好出來時，真不知她會怎麼反應，像小學生做錯事一樣。」

「結果呢？」

「你知道我老二的，她大罵了我一頓，就是說媽媽靈堂還在前面你就……你真有那麼想……你能不能像個父親一樣、像個丈夫一樣讓妻子依靠、讓孩子驕傲那些話。」

老先生又低下頭，被羞恥感壓得喘不過氣來，他認同了老二的責罵，也深深不齒自己無意識逃避痛苦的行為。

「你覺得她罵的都對吧。」

他用力點頭。

「你以性轉移痛苦的行為，被她揭露，讓你瞬間醒來，看見自己的不堪。不堪的不只是性，更是自己無能承受痛苦，氣自己沒用到了極點。」

他嘆氣，「我並沒有因此振作起來，這才是讓我看不起自己的真正原因。」

事情來得又快又急，原先就缺乏的能力，會因為振作就能產生嗎？我靜默著，讓老先生充分感覺痛苦。這一個階段目的不是讓他好過，是讓他練習在不好過當中，還能夠「在」。

我讓他持續感覺厭惡感的深度與強度。老先生沒再接話，也沒有哭泣，也沒有求助，也沒有逃離，就只是讓自己在剛揭露出來的自貶感受中，存在著。

在這樣難受的情景中，存在著、不逃跑，也就是承擔。

「這也是生命的安排。」

他抬起頭來，沒料到我會這麼說。

「這倒給了老二一個抒發這段時間的情緒壓力的機會。」

老先生很驚訝：「什麼意思？」

「如果你在這幾次談話中，有發現自己壓抑著許多從未意識化的情緒，面對太太意外往生，震驚、困惑、害怕、失落、自責、遺憾，混雜在一起變成令人想逃的一團痛苦，那孩子們也一樣在這歷程中，他們也一樣在面對這人生的重大意外，即便看似堅強、主導的老二，也是一樣。」

老先生若有所思，從自己的苦，思考到孩子們的苦。

「生命安排她在這個狀態下撞見你，讓她有機會、有理由對你發怒，釋放了那段時間她累積的各種情緒。就算是個性強硬的她，在失去母親的時刻，也會害怕、也需要爸爸。」

「我太忙著逃避痛苦，我總以為她……她是女強人，總是最知道該怎麼做……我沒想過她也會……」

「老二將對母親濃濃的情感，放在你身上。」我放進了一個訊息，調節羞愧的位置。

「老二是用對我的憤怒，表達她一輩子都不會原諒我對她母親的傷害。」

「你是說自慰？」

「我是說外遇……」喔，原來如此。

「第二次跟秘書在公司胡搞時，太太帶著她來公司找我，她開心地衝進我辦公室……」老先生說著說著，竟露出驚訝的神色，顯然這些話是衝口而出，並不曾意識化地思考過。萬萬沒想到，多年不願想起的過去，竟在這樣的情景下揭開祕密。

突然之間，我在他的臉上看到一個父親的神情。不再是嬉皮笑臉、無視孩子的困惑，不再是任性妄為忽略自己行為對孩子的影響，不再是無法面對痛苦轉身逃離的那個人。我從他的臉龐看見了抱歉，看見了對不起，看見了請求原諒。

「你知道老二的痛，針對的不只是現在的你。」

他流下眼淚點頭。

「美惠跟老三知道嗎？」

老先生搖頭，「我記得太太進來後的第一個動作是把老二帶出去，我聽見她再三跟她說不能跟任何人說她看到的事。」

「這件事再也沒在你們之間談過。」

搖頭。

「你其實都記得。」

「我不知道我記得。」

我們安靜了一會兒。

「老師，怎麼辦？你有處理過像我這樣問題這麼多的個案嗎？」他苦笑。

「你認為你的性，對老二造成的傷害、與你們之間關係的破裂，是無法彌補的嗎？」

「不是嗎？我在她眼中早已是個壞透了、沒救的變態色鬼老爸。」

「我聽到你在告訴我，你想修復。」我思考著那兩個字，「不是修復，是求原諒，是求老二的原諒，在還來得及的時候，有生之年。這是應該的，她為你承受很多。」五歲的小孩，要如何消化這再也不能說出口的封印，在父親在她心中再也不能稱為父親的那一天。

「我不知道該怎麼做？」他茫然地看著我。

「那很好，不知道就問我，不會就學！我也將這個部分放入目標好嗎？我們一起增進能力，想辦法，一起達成心願。」

他不置可否，漠然地攤在椅子上。

「今天你經歷很多，我看見你的學習非常快速，這一次你能停留在痛苦情緒、面對自己的脆弱無力。這一次你沒有逃離，你經驗到不好受，卻也同時經驗到有人好好聆聽你，便會釋放掉心中壓抑的情緒能量。感受不會立刻變好，但稍微變輕了一點。變輕之後你就有能力在自己的苦之外，看見太太、孩子，最重要的是，你允許關係中最受傷的受害者出現，你有能力看著她，卻不逃避。你有能力問我該怎麼辦、求助於專家，而不是因為痛苦而回到最原始的方法去切斷感覺，逃到癮裡面去。」

他看著我，不完全懂，卻有一種著地的感覺。

「這次回去之後，很有可能各種情緒會排山倒海而來，你一樣會哭，也可能感到完全無力，前幾天的狀況都有可能再出現。」我們討論了如果情緒出來，可以用什麼方式安頓，如果又轉移到性上頭，也不需責備自己，明白這是因為很難受，所以用性逃避一下。

「我希望你對自己有耐心，對這個過程有耐心。度過了這個狀況，你不再害怕面對自己的情緒，我們自然就能找到跟自己、跟過去和解的方法。」

我請他拿出筆記本，翻到三天前的下一頁。今天我們又學到什麼呢？

左欄他寫下：

(1) 哭不可怕

(2) 苦要面對
(3) 懦弱脆弱
(4) 原諒求原諒

我在右邊寫著：

(1) 有老師在，學就好
(2) 生命是老師
(3) 面對自己需要學習與能力
(4) 面對自己造成他人的痛苦，想求原諒，要先學會了解自己、原諒自己，學習說出自己的勇氣，學習接受對方不原諒的情緒，才能開始面對對方求原諒。

在中間線上我寫著，「這個階段穩住自己慢慢來是很重要的，學習的是：涵容自己的混亂」。

他接過筆記本，「老師你的邏輯很不通，別人不原諒自己，你自己怎可能原諒自己呢？順序顛倒了吧！」

「求原諒不是求告解，不是速成的，而是一個歷程。意思是你願意承擔不被原諒，而且也不是向對方告解，來為自己的罪求快速解脫。」道歉不一定要被原諒，要原諒自己，也不一定要通過對方的原諒。

「好深奧。」

「我們慢慢前進，你會明白的。」我看著他微笑著。「等等，最重要的是，老二在外面，你希望我……」

老先生伸手要我拿拐杖給他，他倚著拐杖起身：「我可以的。」

「在還不知道怎麼做能改變什麼的時候，就先照自然的方式應對吧！別期待一下子要改變什麼。」

他點點頭。門開了，音樂聲中夾雜著陳小姐講商務電話的聲音。

老先生拄著拐杖走了出去，我跟在後面觀察。電話急促地掛了，從老先生身後，我看見陳小姐臉上的擔心與急切。

「知道怎麼了嗎？有結果嗎？」等待著診斷宣判，重複著無法挽救所愛之人的痛苦。這個孩子身上背負著這個家庭中、這對夫妻身上早已放下，對她卻是無解與未完成的傷。

老先生停下了腳步。我站在他身後，我看不見他的表情，陳小姐直視著父親的眼神，從急迫、焦慮、困惑，慢慢地緩和了下來。

「老二，辛苦你了。」我驚訝地聽到，陳老先生的聲音。

陳小姐完全沒有心理準備，接受與父親這樣親近的距離。她立刻別過頭去，「好啦！沒事，那就走了吧！」

陳小姐轉向櫃檯忙著支付費用，接著一秒也不停留地開門下樓。高跟鞋登登登急促奔下樓的聲音，洩漏了她的心情。

關上門，我沒有靠近窗檯往下看，莫名地感覺需要給陳小姐跟父親一點私人空間。我轉過身看著 Una，開始抖動身體跳上跳下。

「能量需要消散，對吧！」Una 伸手拉開零食櫃，打算用零食加入我的能量消散行列。

我晃著頭，如波浪鼓一般。「來吧！加入我的行列，你一定有需要的。」我可以想像，陪著陳小姐坐在外面的她，必然也感受到空間中流動的各種情緒，Una配合地站起身，嘴上卻很不情願：「我先聲明我這行為只是表達我對你的同理。」

她一邊跟我亂跳一邊說：「其實還好啦！該罵的都罵完了，她一直滑手機打電話，只有中途站起來走來走去，顯然覺得有一點久。她走到書架拿了幾本書來看，喔，還有問了一下課程跟我們這邊個案多嗎？為什麼他們來的時候都沒有看到其他人。呵呵，我是沒跟她說，因為她家情緒能量會占滿整個空間，我們特意排開讓他們舒暢自在一點呵！」她揮動的雙手突然停下來，「啊！是最後面，她站起來看著諮商室方向，我才知道你們結束了。」

「你有看到她表情的變化嗎？」

「因為陳老先生頭一次穩穩地直視她的眼睛，那眼神充滿了愛跟溫柔，我從來沒看過，要是他這樣看我，我也會被電到。」

「重點是放電嗎你！」

「吼，那是一種形容好嗎！」

我倆攤在椅子上，「我問你，你對快八十歲的老人有什麼期待？」

「那麼老了嗎？就安養晚年就好了，以他習慣的方式繼續過完他的人生。」

「我覺得我們得重新看待老這件事。生命的課程從沒有停止過，甘於老，或是因為老而停止活到老、學到老這句話，可能才是死亡的開始。」

「這麼深奧的話，你留給你的個案就好。」她揮揮手，露出懶得聽大道理的表情。她拿起公務手機查了一下訊息，「咦？陳小姐傳訊過來：請直接替我父親約心理師的時間，每三天一次，由心理師安排時間，父親完全可以配合。謝謝你們。麻煩了。」Una故作驚訝地抬起頭，「陳小姐史上最客氣有禮的互動。」

揮我揮揮手，停止我跟Una可能對陳小姐的變化產生好奇的對話，走進諮商室，重新回到充滿老先生回憶的空間。

方向從性，從死亡創傷，轉到處理老先生內在最核心的議題：他是一個男人，但從未學過如何成為伴侶、丈夫、父親，也從未學過當自己的性與慾望、婚姻價值觀有衝突時，該如何面對。

他能維持婚姻到最後、享受伴侶生活、在孩子心目中有父親的地位，甚至應對生命中其它重要親戚關係等等，都是妻子在支撐著這些角色。

妻子意外往生，立刻凸顯出他彷彿是從未跟著年齡與發展階段長大的孩子，對丈夫與父親角色十分陌生。

妻子離世後，他讓老大做「好媽媽」，照顧他的飲食起居，讓老二做「壞媽媽」，幫自己踩住界線，盯著自己要像個大人，而他只需要任性地沉溺在痛苦中。

以性的角度而言，他主張「身為父親我辛苦了一輩子，終於可以做自己、自在追求男人的性慾，老人快死了不想管現實」的權利。如果就這樣終了，也算是他一生的註解。

至於陳二小姐，雖然她以對父親的諸多不滿與困擾、把父親當成問題來表達她的無奈，但今天能走到這位置，我會這麼解讀：陳二小姐對父親仍充滿了愛。她從未放下對他的期待，她沒有把他當成無能老人來看待。能懷抱這樣的信心，除了她也藉這歷程逃避母親死亡的痛苦之外，潛意識中希望揭開對父親的心結、想找回五歲前對父親的信任跟期盼，才是推動著她緊抓父親不放的最重要動力來源。

我看到陳二小姐藉由父親在處理這個家的議題，而他們兩個聯手合作十分密切，效果也十分良好，真是隔空採藥的概念。

陳二小姐的來訊說明著，她願意將讓父親成為父親的任務交給我，而非死抱著父親的問題來逃避內在的痛苦。我看到父女都想從過去解脫、想與心中的祕密和解。

在人生最後的時刻，他們都希望下一次面對死亡時，可以在愛中從容完成，不留遺憾。

對這對父女來說，面對死是痛苦、面對自己脆弱無能地活著，也是痛苦。

我想起個案們總會假設他傾吐的是垃圾，「老師你每天聽人倒垃圾，不會沮喪嗎？」

「你看到我跟你工作時，臉上是沮喪還是發著光？」

「咦，是發光耶！」

「這就是啦！你的垃圾是我的黃金。心理師可是『心靈靈性鍊金術士』！」

Chapter 9

樓梯間響起兩個女士聊天的聲音，看起來美惠跟二小姐也陪父親一起上樓來了。這著實讓我得好好想想。之前每次來的原因都可以理解，再者，經過上次的談話，我預測即便她們覺得需要陪伴父親，也應該是在樓下的公園等，因為二小姐已經認同了諮商，也同意讓父親繼續晤談。那麼今天一起上樓來是為什麼呢？

兩人談話的聲調有種輕鬆的隨意，加上窗外的春意盎然的相思樹花，彷彿兩人相偕來喝下午茶似的。我和 Una 站在桌子旁等待，兩人微妙地交換個眼神。

門一開，眼前的畫面太驚人，我希望自己沒露出下巴掉下來的表情！我跟 Una 迅速對看了一眼，先踏進門的是穿著今春流行的印花洋裝配搭白布鞋，長髮隨性披在肩上，優雅又輕盈的女士，她是美惠！

接著綁馬尾、戴墨鏡，一身獵裝外套、緊身牛仔褲、長筒馬靴的帥氣女子走進門內，是二小姐。

最後才是陳老先生。他自顧自地往諮商室走去，我立馬跟上以掩飾我的好奇：這兩位女士到底帶來了怎樣的訊息？

公事包、茶壺、拐杖，老先生將物品一一擺好該放的位置，看來仍是在情緒混亂中，但回復了一點秩序。

我問候了他這兩天的情緒、身體狀況。有性相關的事件嗎？有做夢嗎？上次離開後有跟孩子們，特別是老二有什麼互動、對話嗎？

老先生說這幾天一樣哭、一樣胃口普通，視力、味覺都還好，他也接受目前的狀態，沒什麼特別不能忍受的。前一次離開後，他跟二女兒說，請她再給他一點時間，他會慢慢調整，並沒多提諮商的內容，也沒說明要調整什麼，女兒也沒多問。他跟老大也只說，如果要來看他，不需要待那麼久，爸爸沒事，只是有一點想媽媽而已。

淡淡的表達，顯然對孩子們來說已經足夠，父親明白自己的狀況，她們便能稍微喘一口氣。

是因為這樣，才讓兩位女士能放鬆享受春天嗎？

「你有發現今天兩位女士都有些改變嗎？」

「有嗎？」他不經心的回答，顯然以為是社交對話。

「你知道今天美惠穿什麼衣服嗎？」我追問。

「呃，沒有注意耶。」他拿起壺子準備喝茶了。

「她今天穿翠綠點綴櫻花粉的印花洋裝呢，還搭白布鞋！頭髮也有整理過，是會讓人回頭多看一眼的優雅風！」

「老師好細心，我都沒注意到。」老先生顯然除了自己之外對其他人的時尚沒有興趣，隨意敷衍著我。

「老二呢？」

有一點被考試的壓迫感，「老二啊……她通常都是套裝吧！」他真的是完全不入心啊！

「她今天穿牛仔布拼接格紋布的獵裝外套，跟長筒靴呢！是非常率性搶眼的搭配。」我描述給他聽。

「老師對時尚有研究嗎？」他顯然對這個對話的去向沒了主意。「我對她們穿什麼，實在沒啥印象。應該是我都沒有注意吧！」他想結束這個話題。

「今天有想從哪裡開始嗎？」

「由老師決定吧！」他撫摸著壺隨意地說。

「好的，那我們就承襲之前的方向，繼續練習情緒的體驗好嗎？」

「嗯嗯。」他點頭。

「那，我們來談談你的孩子們吧！」

老先生驚訝又一臉茫然的表情寫著「要從何談起？」他看看我，又看看遠方，彷彿在記憶中搜尋，也同時在嘗試放下緊抱胸前的痛苦自我。

「要談什麼？老大半年前搬到離我十分鐘路程的大樓，原本是他們夫妻看準的投資計畫，現在，呵呵，就是方便盯著我。老二你知道的，就是我的糾察隊。老三，他忙工作，我太太幫他帶兩個小孩。以前她在的時候，老三還常出入家裡，現在太太走了，我是沒有能力幫他帶小孩啦，就比較少見面了。他們三個工作都很好，沒什麼需要擔心的，只有老二離婚，但現在離婚也沒什麼。」

老先生語畢沉默，顯示交代完了。

「能否跟我分享他們成長過程中，你最有印象的回憶？」我帶著非常有興趣的表情看著他。

老先生顯得十分狀況外，似乎對這個話題不太感興趣。不至於無聊，但確實有種孩子長大了就是他們自己的人生了，與我無關的意味。現在突然被我要求分享印象深刻回憶，我猜他很想 call out 向妻子求助，彷彿所有的記憶都儲存在她身上。

「三個孩子很平順地長大，沒什麼需要擔心的啊！老師要問的是什麼？」這問句裡沒說出口的是：「這跟我現在的狀況有關嗎？」

請他談「父親與孩子」的關係，是因想邀請他將焦點從自我轉向成人、父親、父職的角色上。我知道我要做什麼，但父親、父職，對這個年紀的他重要嗎？

與老先生第一次諮商時，他倡議著自己的權利，說已經沒幾年可活、要任性享受不管別人，卻從未想過他的父職之所以能夠達成是因為自己宛如寄生獸般依附著妻子，家庭才可能有今天的局面。不過，從個人的角度來看，他也確實為了孩子、家庭而犧牲自由的青春與壯年歲月，現在他終能拋開一切責任（就算未曾認真體會）來享受，似乎也沒什麼不對。

然而，事情真是如此嗎？有需要換位思考嗎？就如同二小姐，希望他像個父親、像個祖父，但對時間所剩不多的人來說，這些角色重要嗎？

在最後一刻回頭，怎樣的人生讓你覺得了無遺憾，這是我們每個人都得面對的事。

但也許，有些人可以接受最後一天兩腿一伸、就此拋下塵世，也是一種浪漫人生情懷，毀譽就任憑在世的人詮釋，確實也是一種面對人生無常的方式。

我自忖，我推著他走的方向，是必要的嗎？是他需要的嗎？即便問他的同時我大致猜得出反應，但我仍執意這麼做，我必須問我自己，為什麼？

是我也在暗自期待，我父親除了看見他自己，也能多看見他的妻子跟每一個孩子嗎？是我在成長過程中也曾期待，除了他自己的辛苦，還能多看見一點我們的喜怒哀樂嗎？

是我因為不想面對自家人的衝突，放下了對父親的期待，轉而向外投射內在渴望，渴望自己有個能真誠對話的父親，而我是被疼愛的女兒……我不能說，我沒有這樣的渴望與希望。

我不能說這樣的渴望與希望不曾在成長過程中創造了許多酸楚。

學了心理諮商，我知道，我的放下是自己的選擇。我選擇接受年邁的父親，在那年代的他已做了他所能做到的最好的父親。然而我必須要問的是，我對父親的期待與愛，就只到這裡嗎？

面對人生，面對自己，是出自於我的需要，還是他的？我必須不斷的問自己這個問題。

突然發現老先生看著我，在等待我的回應。

「不好意思，我在想，你第一次來的時候，告訴我別管外面的孩子，你只想掌握現在能掌握的人生。然而，我們工作到現在第九次了，在這過程中，我們從你帶進來的性的問題做了學習、經歷了想逃到『性』裡卻枉然，處理了人生當中很難面對的妻子的往生，學習面對失落與羞愧與痛苦的情緒。這個過程與方向，應該已經完全超過你剛進來時的想像，但你跟著我前進、學習，應該也會覺得合理。現在，我又提出另外一個方向，請你談談孩子，你能否讓我知道你對這個提議的感受與想法，我再回應你我為什麼這麼做、目的是什麼。」

老先生停了一下，對於這個後設的問題，他得想一想才能回覆。

「嗯，你說你問孩子這件事嗎？我只是在想，孩子的管教什麼的都是太太的事，你突然問我，我腦中真沒有什麼具體又特別的事可以說。我剛還在想，你問這個可能只是隨意問候吧！或是你想評估什麼。」

「我先跟你說明我的想法，我們再決定方向。上次結束時，至少你對待老二時不再把她隔絕在糾察隊的位置，跟她對抗，上次你離開時，你已經能體會到痛苦的人不只有你，有嘗試照顧老二的感受。而你剛分享上回離開後跟老二跟老大的短暫對話，讓我感受到你想讓她們放心，也為自己的狀況負起責任，不再任性。

「前兩次讓你最痛苦的似乎是失去妻子，這是主軸。失落會傷心，自貶則是因為她往生讓你發現你幾乎是依附著她才能有這樣的人生，突然照見自己的無能，而妻子早已了解你且接納你、原諒你。但沒有原諒你的，是你自己，因為內在的那份痛，是跟著現在還處於孩子位置的那三位成年人而出現的。

「你的自貶，不是面對妻子時產生的，你們的互動模式這是你們合作出來支撐家的方式，她對你、對這樣的安排沒有怨言，只是萬萬沒料到自己會先離世，咦不對，她也想先離世讓你體驗不同的人生。」我想起那封信上面的心意。

「她是沒料到，她死亡的歷程會帶出這樣的反應、照見你的狀態。自貶，是面對還在世的孩子們時產生的，更多的是產生在當你突然發現自認為的父職竟不是靠自己達成時的那份，無能為力感。」

我自言自語了一段，也把我從對自己的反思中帶回老先生的現場。是的，這是評估後的結果。「不好意思，你有跟上嗎？我剛剛藉著自言自語整理了一下腦袋裡的想法，你覺得這些跟你有關嗎？」我不確定這樣的連結是否為老先生想要與需要的。

「你是說……父職？」

「嗯！父親的角色、任務。」

老先生誇張地往後椅背一靠，盡可能拉開與我的距離，表情十分意外與不在狀況內，回到我很熟悉的他，疏離、隔絕、迴避。

「這個……老師，他們都幾歲了，他們不需要父親了啦，我都幾歲了……我應該不需要再為了小孩犧牲什麼、改變什麼了吧！」

這是第一次，他出現不知所措的模樣，不是真的拒絕、也不是真的放棄，只是害怕巨大改變、只是從來沒有靠自己做過、害怕自己做不到。

我想到上次結束前他說「我在她眼中早已是個壞透了、沒救的變態色老頭」；我想起第一次他說「我希望大家各過各的不要互相牽絆」；我想起上次他離開時溫柔地看著二女兒說「辛苦了」。

成年孩子對年邁的家長，要的是什麼呢？

而身為父母親角色的人到了老年，除了被奉養、被當小孩照顧外，想要的是什麼樣的親子關係呢？

其實我不是要他再成為父母，而是希望他能看清楚自貶的來源，對自己，接納自己真實樣貌、學習原諒自己；在關係中，則能像上回一般對兒女說一句「辛苦了」甚或「我很抱歉」，那道歉不是因為「自己沒有父親的樣子」，而是家庭關係中彼此出於對對方角色的各種期盼、需求、衝突，而無法好好說、好好聽，造成誤會的遺憾。抑或，就為自己做一個清楚決定、放棄這個議題，撒手之後留給他人去道長短，也算是心靈安頓的歷程。

我突然明白，我的堅持，就好像在陪伴臨終的人面對痛苦、接受遺憾，在最後為自己安頓心靈，讓此生過不去的坎可以過去，讓最後一口氣咽得放鬆無糾纏。突然，我想起他的妻子，雖然沒有人正式為她這樣做，但或許在那些生命轉折中，她已為自己做出對這個家、對所愛的人最重要的決定。

「你聽我提到父職，會緊張嗎？」

「老師，也不是緊張，就是……這要怎麼說……唉！」他突然嘆了一口長長的氣：「我真希望先死的是我。」

老先生不再抗拒在過程中所看見的自己，接受了我對他在家人間位置的理解之後，反倒鬆了口氣。

「你知道太太對你很重要，但你從不知道這『重要』的內涵是什麼，直到失去她。」家人、伴侶在生活中互相支撐，成為某種解不開的習慣，死亡的重量卻讓一切沉澱，變得清晰。

「你是擔心我會把方向放在讓你成為好父親上面嗎？你想像的『好父親』是什麼樣子？你父親是怎樣擔任他的父職的？祖父又是如何呢？」

把記憶從孩子身上轉換到自己還是孩子的時候，出現的畫面顯然比當爸爸的自己清晰多了。

「我爸爸嗎？我阿公嗎？」老先生突然找到他有興趣的話題了。「我爸在我五歲的時候就被車撞死了，我對他沒什麼印象，但我這兩天有想到我阿公，因為我爸死了，我媽為了養我跟我弟，把我放在阿公家、把弟弟放在外公家，她一個人到台北工作。」

「您想起阿公的原因是？」

「我喜歡女人喜歡性這件事，好像……跟我阿公一樣，呵呵！老師，這會遺傳嗎？」

原來是開始思考起自己性慾樣貌的緣由，對自己性慾樣貌好奇、對自己好奇，即便是為了轉移感覺不舒服的主題，對我來說都是個案出現進展的指標。我允許他在此刻轉移焦點調節一下情緒，同時也在心中把這未完成的主題暗記下來。

「你說性慾樣貌是否會遺傳嗎？你說說看，我評估一下。」

老先生開始滔滔不絕地訴說，那幾乎已經是七十年前的事，卻在他腦中刻下深刻的印記。

「老師，你是台北人嗎？你可能不懂我們鄉下人的生活。」彷彿回到時光隧道，老先生開啟了故事的話匣子。

場景一，從很久很久以前廟口榕樹下，總是聚著叔伯公們喝老人茶、玩象棋、吃各家帶來的茶點，拿彼此的過往的糗事取笑、鬥嘴，膨風自己的見解，不然就是八卦誰家的長短，這是他從小長大阿公每天帶著他來胡混的場景。

場景二，阿公有到一個女人家裡午睡的習慣，阿公總帶他一起去，阿公要他叫這位女性姨婆。那是一間雅緻的小房子，樸素的客廳後面就是臥房，相鄰著的廚房。他最期待盛夏的午後，因為太熱，阿公跟姨婆午睡都不關房門，開著電扇任臥房門簾翻飛。他被安排在客廳小椅子上睡覺，每次聽到房內傳出的呻吟與床板震動的聲音，總抑制不住好奇心起身趴在門樑邊偷看。有時被發現了他們也不在意，隨意斥責幾聲就算了，聲調中卻透露著對小男孩性衝動的讚賞，彷彿那是一種本事。

場景三，對於阿公在外有女人的事，阿嬤只會哭，他說：「力道比我老婆弱很多。如果阿嬤哭吵，阿公要不就拉著我去姨婆家，要不就強著來。」老先生頭一次臉紅，不是說自己的性史，卻是因為阿公為他主演的活春宮。

「你說起阿公的作為，興奮度勝過你自己的。」

「我跟他比起來，我是弱很多。」老先生自嘲，「啊！是我老婆太厲害啦！」他語氣自在地說：「沒有她管住我，我今天不知道變成什麼樣子。」

「你覺得阿公這樣的形象和作為不好嗎？」

「這個……如果老師沒有跟我講什麼父親角色什麼的，我是沒有多想過，這就是我阿公的樣子。」

「他還帶過你去哪裡？或是你知道他去過，但未必會帶你去的地方？」

「我知道他會跟榕樹下的叔伯公們去巷弄內隱密角落的阿公店玩，但他應該只有帶我去過一次。」老先生在記憶裡搜尋著，眼神進入了另一個時空。

「似乎印象很深刻？」

「呵呵，那時我應該才國小二年級吧！他們可能都覺得我不懂，我是頭一次看到……」

老先生回想起的畫面顯然刺激度非常高，立刻漲紅了臉，連呼吸都急促起來。我打斷了他的性刺激來源，「這畫面是你很重要的性刺激來源。你常想起這個畫面嗎？」

老先生不想放掉腦中的畫面，分出一些些心神回答我的問題：「沒有常想起，至少沒有這麼清楚地想起過。」

「之前你會用阿公與長輩性場景的畫面，來刺激或紓解自己的性慾嗎？」我的問題戳中了一般人很怕被評價的點。

老先生立刻回神，「沒有沒有，我沒想到是這樣刺激，以前會閃過腦子，我會叫自己不要細想，真的很怪啦！」這位阿公顯然關閉掉他阿公們的視窗，回到現在，一本正經看著我。

「你會覺得很奇怪嗎？那麼久以前的記憶，今天有嚇到你嗎？把記憶叫出來竟然還能感受這麼強烈的性刺激感。」

老先生羞愧地低了頭，「唉呀！不好意思讓老師見笑了。真是思想齷齪的老頭。」

「你是說你還是說阿公們？」

「都是都是……」老先生低頭回，彷彿自認罪名向我道歉似的。

「不需要這麼快給自己的經驗下判斷喔！最初因為你問我『好色會不會遺傳』，所以才講起這個回憶。我們可以釐清一下，讓你多認識自己，而不只是快速評斷自己。」

老先生茫然地看著我，似乎覺得在女性面前呈現出自己被性念頭刺激所產生的反應，應該是種冒犯，卻沒有被對方懲罰或責怪，有點不知所措。

「那時你幾歲？阿公店那次，你說大概國小二年級還三年級？」

「應該是吧，我不記得了。應該是下午去的。」

「在那之前，你已經跟阿公阿嬤住兩年了？」

「差不多，我五歲多就過去了。」

「阿公跟姨婆的事，是之前還是之後？」

「應該是一直都有吧！我記得阿公帶我出門，就是會去姨婆家。」

「所以，看到阿公跟姨婆的畫面，也是在阿公店之前？」

「嗯……」

「那，阿公店的畫面有比阿公和姨婆家刺激嗎？」不等他回答，我幫他架構出畫面，「阿公店通常是陪唱小姐兩、三位，讓老人摸摸手、腿、或坐在他們腿上磨蹭、讓人揉捏臀部或是胸部，還是有什麼超過這些範圍的動作？」

老先生再度開始回憶，卻歪頭露出困惑的表情，似乎被我這樣一說，他發現阿公店的場景確實就是這樣而已。

「是因為第一次看這麼多老人一起?還是……有超過我描述以外的動作?試著說說看,你說你頭一次看到……」

「呵呵,那時是衝口而出啦!可是……應該不是第一次啊!」老先生搔著頭,想不透自己的興奮打哪來。

「所以是看到?」

「哎呀!我原本要說的是,是第一次看到女人的妹妹啦!」

「你是說女人的陰部。」在他點頭的同時,我突然靈光一現,兩手一拍,「哎呀!是光線!」

他看著我、我看著他,「是光線!」

彷彿記憶突然鮮明起來,他接口,「之前看阿公姨婆睡午覺,因為是在房間裡,比阿公店昏暗。」老先生笑著說:「呵呵!哎呀!現在想起來,我偷看阿公,可能一半是瞎子摸象,都是自己猜想啦!」

「那你記得畫面嗎?怎樣讓你看到陰部的?」

「不大詳細,就是幾個男人、幾個女人在磨蹭,我坐阿公旁邊的板凳,有個小姐把一個阿伯當椅子坐在他腿上，阿伯手伸進去她裙子下面拉開內褲摸，剛好從我的角度就看到了。」

「第一次看到女人的陰部，是嚇一跳、還是太興奮？有勃起嗎？」

「那應該是我第一次勃起吧！」他臉上出現混亂表情：「驚訝、驚嚇、興奮都有。」

「原來如此，難怪當你把畫面第一次講出來時，身體都還連結著那感受。來，你感覺一下，現在呢？身體被挑起的興奮度是如何？」

「我覺得你居心不良，」老先生笑著說：「跟你講完就沒感覺了。」

「只是解開了不能說的印記，發現其實也沒什麼。就是身體留著那時的悸動，確實是很令才八歲的你震撼的。」我們都停下來喝了口水，「那次除了勃起，有撫摸自己自慰嗎？」

「沒有沒有啦，我第一次自慰是很久以後，好像十一、十二歲吧！我媽在我小學三年級下學期把我接回台北。」

「告別了你的性啟蒙人生。」我回應了他從沒想過的遺憾。

這句話，讓我們都停在這個畫面中，他回憶著他兒時的性場景，我等待著他從裡面走出來。當然，我好奇他開始自主的性探索與自慰行為的歷程，然而這不是今天要處理的重點。

「我們怎麼講到這裡了？」他回過神來問我。

「我整理一下喔，先前你因為我要跟你討論你很不擅長成為老杯，你覺得壓力有點大，這也不是會你有興趣的重點，所以你把話題轉到性上面了。」我開玩笑地說。

「誒誒誒，老師不是這樣的，是因為你提到我父親、阿公，我才想到我能傳承什麼給孩子，性能當家傳嗎？」他直搖頭。

「你在你孩子眼中絕對不只有性。除非還有你沒告訴我的事，比如像你阿公那樣在孩子面前做愛等等。」他緊張地搖著頭，「沒有、沒有、沒有。」

「那就是了，也許孩子對你的印象，就如同你對他們的印象那樣，沒有了母親就一切不清晰。雖然這可能是事實，但他們記得你的絕對不只有性。如果我們沒有釐清你想成為怎樣的父親，往生後隨人口舌，那這段時間他們因為你的行為非常煩惱，確實會讓色老頭成為你的形象代表。」

「但是，我不色嗎？」他混亂了，這問題底下藏的疑問是：「我到底是誰？」

「你只是在很年幼的時候，接觸了很多超過你的年紀能夠承受的性刺激。還好，你跟爺爺的關係很好，他雖然沒有跟你解釋性教育，但也坦然地面對自己的性樣貌。」

「他傷害了阿嬤。」他淡淡地說。我分不清這句話在他心中的意義。

「我們目前沒有足夠訊息可以這樣斷定，就如同你的狀況是你跟太太合作出來的，也不是你孩子說你傷害她們媽媽就可以論斷的。」

我停頓，讓他思考多角度、多層次、多面向的自己。

我停頓，讓我消化心中的震驚，他跟二女兒竟然都在同樣的年齡目睹祖父/父親與外遇對象的性行為。我立刻產生了對老二的性發展的好奇，這樣的經歷在兩人身上留下了痕跡，我很好奇那看似截然不同的影響背後，是否有什麼是相同的？

我調節著自己的職業病，硬把自己拉回到此時此刻。

「如果你很困惑到底阿公有沒有傷害阿嬤，我們可以請你回想更多資訊，再一起來評估，在那個時代、兩人的原生家庭的教導，加上個人的個性，這樣的婚姻和外遇到底有沒有傷害。」我協助他了解，要評論一個人一件事，最重要的是要深入去了解，「當然，我們也可以回到今天的主軸：往生之日，你希望孩子們用怎樣的方式記得你？」

他停頓了很久，在歲月之中游走著。到底有多少記憶、多少過去、多少沒有完成的事，在死亡面前我們有多久可以躊躇？

「老師你說得好像我只剩下幾個月的壽命似的。」他做了選擇，卻也說明了不想面對人生所剩無幾的可能性。

「我不希望你跟孩子再面對一次措手不及。」我不知道是否有機會處理二女兒與他之間的痛。但至少，他的孩子們不該再經歷一次親人突然往生、心結永遠無解的創傷。

他揉著自己的手，凝視右手的手紋，撫摸手掌的繭跟皺紋。有說不出與說不完的話，對於人生。

我腦中搜索著他帶進來的性行為場景。

他談過了按摩小姐、視訊、跟朋友去的性探險，摸摸茶、公園性愛場景，唯獨沒再提過那位四十出頭帶著小孩的寡婦。那位他過年時想互相陪伴的女子。我想起有一回我們製表時，老先生提到跟這位女士有關的性問題，如何讓女士舒服，他特別的用心在意。

「我想起那位你很希望能與在過年時互相陪伴的女士，我記得第二次你隱約提到她有一個小孩……」留著空白，就當是隨意聯想吧！過年，與她一起，是一個家的感覺吧……我的天！我怎麼現在才想到！

停頓了。意外的、沒有準備好的心底事，總能為探索迷宮帶來線索。

「如果我還能怎樣做對，」他嘆了口氣。「已經不是對我的孩子，而是對她們母女吧！」老先生緩緩說道：「在我孩子眼中，我已經沒法改變過去犯下的錯誤，我不只是說多年前的外遇，對他們媽媽跟他們的傷害，還有我老婆往生時我令人失望的行為。」

他停了一下。「在她們眼前，我覺得我有能力做一個比較好的人。」

「她們，是指這對母女嗎？」

老先生點頭，「我可以對她們提供她們需要的協助，金錢、陪伴，讓她可以不用煩惱錢好好陪孩子。我其實跟她連牽手都還沒有、更沒發生關係。我不想做錯，我希望，這次我能都做對。」老先生顫抖著，流下眼淚。不是對那對母女，而是訴說內心對人生無法重來的哀傷。

如果人生可以重來，誰都想做對、想做出更好的決定。老先生也想為自己的人生重新下註腳。

我引導他停留在情緒裡面，感受內心最真實的渴望，在求得自己人生註腳的同時，不是為他人做什麼或是符合誰的期待，而是為自己與過去和解。

「你感覺現在你的孩子們沒有需要你的地方、沒有你能為他們做的事，他們生活上各方面並不需要你，所以你不知道怎麼表達愛、怎麼求原諒。」

「求原諒。」他驚訝地看著我，彷彿他從未想過一樣，而這明明是上次提過的話題。

「為什麼這麼驚訝？你一直懊悔、想做對，反覆說你過去的錯、太太往生時的性混亂，不就是說你希望如果可以重來嗎？」

「但是沒辦法重來啊！」

「所以求原諒啊！」

「我怎麼要他們原諒？我丟他們的臉、到處勾搭、我不像個父親、祖父該有的樣子，我怎麼求他們原諒？」他氣我輕忽這一切的難，氣我不懂他的無助，「她不可能原諒我。」

「你是說老二不可能原諒你？」他低頭不語。

「但你有想嘗試嗎？」我面質他。「記得你上次說我邏輯有問題嗎？求原諒不是為了被原諒，而是真誠地為自己說出內心該說的話。」

「呃。」他抬起頭。

「真誠地負起責任說出該說的話、承擔該承擔的痛苦、面對失望的神情不閃躲、讓你的問題回到你的問題、她的問題回到她的問題，提供一個對話的機會，由對方決定是不是要拒絕。」他垮下了臉，對於我不同情他、不允許他放棄、不斷督促他而更加沮喪、生氣。

而其實，我的角色，又怎麼可能有辦法逼迫一個人去做他不想做的事呢？他隨時可以拂袖而去。

「我沒有要你自己這樣做，你的眼神好像我要拋棄你一樣。」我溫柔地看著他：「我說的是，如果這是你想要的，我會協助你。」這仍然必須是他的選擇。

「今天到這裡吧！」

他點點頭。

「今天你說出很多你阿公的性，你能否感覺一下，被我聽到這些事情之後，離開這裡你可能會出現的感受。」

「啊？這應該不是我們最刺激的談話吧！」老先生困惑地看著我。

「我只是想，有些人並不希望自己父母親在關係外的性慾被人看見。」談自己的性，跟談家長的性，心理位置非常不同啊！我說的是二小姐的心情。

「嗯……是會有一點尷尬啦，但應該是因為我走上同樣的路所以沒那麼嚴重。如果不是，我應該會覺得很丟臉吧！」

「你現在有了阿公的陪伴、有了太太的愛、懂了老二的心情，你很有機會重新做……我不想說更好一些，因為這是不能比較的，但我確定你跟以前已經非常不同了。來吧！」我示意要他把筆記本拿出來。

「來寫下今天的學習！」彷彿在寫學習單似的。其實，我的重點是要老先生記得，他已經走過了許多。

老先生寫著：

(1) 父職

(2) 阿公

(3) 性

他在這兒停頓了很久，我問：「是沒想到自己的性發展歷程跟阿公很相像嗎？」老先生點點頭，他在性後面寫下「遺傳」兩個字。

(4) 秀英

他給了我她的名字。

我在右邊寫下：

⑴ 面對了自己，就能找到施力處

⑵ ⑶ 寫著原生家庭的影響，看見，才有新可能。

⑷ 謝謝生命的安排

他很訝異我的第四點，我微笑看著他，「意思是探索！」至於在中線處，我想了一下，把筆交給他。他翻了翻前面我寫過的句子，在中線處寫下：「好奇」。保持好奇，是面對人生最好的位置了。

我們準備著起身，「我其實比較希望你兩個女兒去逛街，但如果她們現在在外面等，你希望……」我想幫老先生做些預備，他卻揮著手走到門邊，「我可以。」

「對了，你剛剛問『性』可以當成家傳嗎？我覺得下次可以思考一下什麼是家傳。如果性對你來說是很重要的人生歷練與啟發，透過性，可以傳遞什麼給孩子？我覺得這是可以思考的事。」

他看著我，浮現一種又似嫌惡又似抗拒又似不得已的怪異表情。這種表情我並不陌生。倒不是因為「性成為家傳」這件事，而是當我以異於個案習慣的價值觀和思維來挑戰對方時，對方心裡經常產生衝突：有跟我一起工作的基礎，不至於完全否定新的可能性，無法以厭惡來否定我；但內心又距離接受尚有一些關卡，能力也還不足，於是露出不完全贊同的訊息，也含藏著心理師太理想主義的意味。

我之所以在晤談最後才提出這個挑戰，是因為不想讓它進入他的大腦辯論賽中，只想在他心中植入一個想像。這個想像是根據他所體驗過的祖父對他的愛，把年幼的他帶在身邊，互相陪伴，即便其中有性。

性在兒時是衝擊，但在老年時能夠承受之後，則是覺悟。

離世前，我們可以留下些什麼對我們有意義事給這世界？或許，就是對此生此世走一遭的一份「明白」吧！

「老師，你們心理師都喜歡把事情想得很清楚嗎？」

「是我個人的偏好啦！思索生命中每一件事情在我身上的影響，是我的興趣。」我想起十八歲時在月光下許的願，一輩子不背棄自己，天地自然寬闊。

「那你都清楚你自己嗎？」他一邊跟我閒聊，一邊調節著要出去見孩子的尷尬。

「你說隨時嗎？當然不可能。只是因為經過了許多人生歷練，我學到了一件事，靜靜地觀看，不要下判斷，慢慢跟著生命的安排前進，就會明白一些事。這經常是心中明白，無法為外人道的事。」

老先生離開前，我們討論了這幾次的節奏，評估接下來晤談頻率可以放緩到一週一次。

走出門外，兩位小姐在夕陽的光彩中起身。她們看著老先生，也看看著我，表情十分友善。

老先生不再自顧自地離開，而是向女兒走去，「老師說，你們今天穿得很時髦！」他朝她們豎起了大拇指，兩位女士有點不自在地看著我笑，我只好趕快微笑欠身致意，逃避這尷尬。

衣服哪裡是我們今天的重點？這要我怎麼回啊！臭老先生！

在我內心抒發尷尬感的OS還沒完，二小姐不改強勢風格，起身拋下一句：「走啦！」她俐落地句點了各種情緒。一行三人，拿起隨身物品，正準備離去。

「嗯。」我發出了一個起始音，他們轉頭看著走道上的我，我跟他們一起等待著，我不知我想說什麼，但這一家人諮商室內外的各種轉變在我心中留有很深的感受，「我只是想說……」我一位一位地看進他們的眼睛，「這一切不容易……謝謝你們。」老先生聽了，揮著手下樓，美惠連連欠身，二小姐注視著我。沒了父親的「問題」當靶子，開口變得很不容易吧！而我也是如此，應該是陌生人的，我卻感覺非常深刻地理解她，我希望我眼神盡量表達善意，但這也是我的一種自作多情而已。除了注視，她沒有透露一點心情，「走了。」帥氣地轉身，馬尾跟著飛揚，俠士相逢不需多言，我彷彿看見她翻身上座騎，叱馬揚長而去。

「哇賽！」門一關，Una跳起來，「這什麼狀況！大小姐原本都穿不起眼的運動服，看起來是市場牌，二小姐都穿著拘束的ＯＬ上班服，今天是怎樣？」她看著我，我努力回神到此刻。

「我怎知道？就天氣好吧！」我故意輕描淡寫，當成不在意。

「你少裝了！」她逼近我，直盯著我，「是不是快結案了！」

我閃躲著，「這兩者有什麼關係？」

「你當我不懂心理啊！」她叉著腰做態地說：「我可是很會觀察的。」

「我是說結案跟你有什麼關係？」

「你這個沒良心的人！」她誇張地說：「我陪伴你度過這麼難搞的家庭，好歹要請我吃飯啊！」

「錯了吧！我把案子做順了，讓你不用再面對家屬的壓力，你不是該感謝我？」我們倆個用玩笑表達感謝彼此的陪伴。

「說真的，這家人很不容易。」Una 嘆了口氣：「即便我不知道實際的內容，但從情緒張力的緩解，我知道他們度過了很大的關口。」她若有所思地說：「你上次問我，對父母年老後期待什麼？原本我是說，就讓他們以他們的方式過完人生。」她難得露出認真的樣子，「我看到老先生的轉變，我覺得，我不能那麼肯定了。」我等著她繼續。

「你知道，如果，」她走向窗前，指著公園：「啊！現在沒老人，我的意思是，如果我爸媽老了，我會請看護幫他復健身體。」她說的是早晨那些坐輪椅的老人，「但，我的確從未想過，他們的心理也需要持續復健。」

「這是個很重要的思考角度。」但絕不是容易的事！親子之間除了養育之恩與奉養之責，愛除了恩情、還需要深厚的友情，才能持續不斷地陪伴彼此成長。但這需要父母很有智慧，看懂親子關係發展的脈絡，有遠見地決定你要什麼樣的親子關係，還要隨著孩子的發展不斷轉換關係中的位置角色並鍛鍊很多能力，才能在孝順、奉養、責任、義務之外，談及彼此的心。

「咳咳！」Una發現我失神了，「我覺得這是很好的覺察，但我是做不到的，我跟我媽相處沒十分鐘就要吵起來，互相把彼此氣的……」

「你要來上親職生涯規劃的課程嗎？」我笑著推薦她公司的服務項目。

「如何做爸媽的爸媽？」她一副鬼才會來上課的表情，「算了！」她回到辦公桌打開電腦，「我還是以網購來舒緩我人生無解的難題。」她揮著手，打發我結束對話。

家長應該怎麼樣做家長才是對的、孩子該怎麼樣做孩子才是對的？這相對的角色，限制了關係的發展，也限制住我們真正去認識眼前的這個人。

今天我提到「父職」，雖然是跟隨著兩位女士帶給我的靈感，但同時也是跟隨老先生步伐前進的結果。第一次進來，老先生就告訴我，父親做夠了，想「做自己」，他抱怨女兒限制了他。他的性，除了轉移心中的苦以外，不能說沒有叛逆的姿態。做自己，在文化設定的角色責任中，就是叛逆。

叛逆，需要的是被理解，而不是高壓管控。叛逆，需要的是有人協助他把用叛逆來對抗壓迫的氣力，轉為積極的成長，建構了解自己的能力、與情緒相處的能力、與他人溝通的能力、使用資源請求幫助的能力。

有了這些能力的支撐，才有能力知道自己是誰。

當認同不是依靠外界的肯定，而是由內在出發，這才離開了壓迫與對抗的叛逆結構，回到自己身上，看見自己需要增進協助外界理解自己的能力，或是有能力面對不理解。在這過程中，最重要的重點不在得到他人認同，而在因著建構了理解與表達自己的能力、建構了涵融現實的能力、建構了在一連串歷程中學習與自己情緒共處的能力，而清清楚楚感受到為自己負起責任、鍛鍊各種能力而產生的力量。

這是我協助叛逆中的青少年走過的歷程。

現在，我陪伴七十五歲的老先生重新經歷叛逆。想想，二十出頭就當爸爸，錯過了能任意揮霍青春的自己，直到七十五歲回頭一看才發現，搞屁啊！為了父職錯過了青春，而父職又做得既沒存在感又沒成就感，有種被人生耍了的感覺。如果所剩無幾的歲月可以重來，老先生在秀英與她的孩子身上，要的也只是挽救挫敗自尊的OK繃而已。

從前面幾次老先生隱隱覺察內心認定的自己的失敗，到今天能把父職拿出來面對；老先生提及五歲往生的父親與替代父職的祖父，再回來看他自己，或許能多一些對自己的理解與體諒。看著自己重蹈性慾啟蒙者祖父的行徑，「遺傳」的意義只是他的發展中缺乏持續拓展的自主學習，被動地接受幼時強烈的刻印，重複那時祖父示範的行為模式而已。

然而，性，可以成為家傳嗎？

聽到這句話我很驚喜。

老先生會說出「家傳」這詞，雖然有自嘲的意味，但之所以有這一閃而過的念頭，他在表達的是即便在文化性價值觀的評斷下，他接受「色老頭」這標籤，然而內心深處仍有一絲盼望，期待有人為他平反，有人正確地理解，他，不只是一個色老頭。

而我可以了解自嘲的心情，說的是整個社會文化對於性的汙名與偏見，讓他連這一絲隱晦的盼望都覺得是妄想。

我知道那有多難。性價值觀對人的定罪、偏見之深之牢固，就如同我跟老先生工作一樣，必須一層一層地置入新思維、建構新能力，才能支撐他學到以新的角度看自己。

有了看自己的新角度，才會發現過去累積在身上的視角與能力，限制了所有轉變的可能。有了以上的認知，才可能開始拓展為了自己的學習，一切才有機會離開命定、遺傳，才有可能創造。

很有趣吧！這才是上乘的性的本質。

是創造，不是模仿。

是直覺，不是技巧。

是由內而生自由的激情，而不是由套路引發的模式化作法。

然而，如果我沒有移除這些阻礙老先生感受到真我的、長久以來信以為真的自己，性就只是性功能高強、性技巧模仿、性刺激的激發而已。

然而以他垂垂老矣的年齡，若對焦在「性功能技巧與刺激」上，諮商會很快地陷入瓶頸，我們會共享面對性的無力感。為了要移除這樣的感覺，可以預測性將開始在我們之間變形，所造成影響不只是諮商無效而已。

我想起先前教課時做的PPT。

性諮商：以心理師的專業，匯聚性教育師、性教練、性諮商師三種角色的專業工作

處理性發展：性心理+性生理+性社會文化價值觀+性技術

交錯影響的身體、心理或伴侶關係呈現的性發展/性行爲狀態

那是我對性諮商的信仰。

性，是人通往自己內心非常重要的道路之一。性諮商是以性為工具，以達成案主盼望的美好性生活為目標，全面前進著。這句話的內涵是，用生命的經歷，進行身、心、靈、性的整合。

這是性諮商心理師的工作。

然而，生命讓人意想不到的安排，不是巧合，是上天洩露了靈魂投胎前早已決定的，想在此世修通的密碼。

Chapter

10

昨天在諮商所開團體課程，學員們聊開了性心情，配上各式媒材的創作，把教室內外的空間都留下了心情存在過的痕跡。

今早正盤算得早點進諮商所善後昨天的混亂，門一開，室內傳來吸塵器轟轟作響的聲音，Una 的聲音從茶水間傳來：「我臨時請林小姐來幫忙了。你們沒吃我的零食吧！昨天是玩多晚、多 high 啊！」她揚高的音調，有一點羨慕的味道。

「還好吧，就一般啊！談到性，這一班沒比其他班誇張。」我到處看看，「就是紙、蠟筆粉、紙屑……零食嘛……」

她走出來，手上抱了一個箱子，「諾！」

我看了一下，「這都是學生帶來剩下的零食，給你加菜囉！」Una 眼睛一亮，「好多沒吃過的，開心！」這人，快樂很簡單啊！

林小姐從廁所走出來，「就剩接待區的地板了。咦？」她朝著大窗戶走過去，「玻璃上有些印痕，我順道擦一下。」林小姐五十五歲重新回到職場，受訓成為家事管理員，跟我合作五年多，諮商所三次搬家，無論離她多遠，我都拜託她來幫忙。諮商所中有許多需視而不見的眉眉角角，身為家事管理員，不聞不問不說，是必要的能力。Una瞄了我一眼，我聳聳肩。那些印痕，是昨晚學生談及各種性場景中，模擬演示大面窗戶所能創造出的效果。

我走進辦公室，關上門前，觀景窗前林小姐正費勁擦拭的身影，在我的視線中重疊上前晚平均年齡三十歲的學員們在窗前嘻鬧分享的景象。我不禁思考，年輕人來談性，是對自己身心的享受有更美好的期盼，而老先生如果不是被迫進行性諮商，至少他仍有原始的本能做為人生的出口。

上乘的性，從來不是他的需求，是我因為他的身體感官的高度敏感與心理能力的質地，知道這是他從沒想過、但卻是我可以提供給他的未來可能性。

然而，上了年紀的女性，無論已婚、未婚或因任何原因單身，愛、親密、性、歸屬，還能放在待完成夢想的清單上嗎？

我覺得，性福應該列為奢侈品！（課個奢侈稅吧！）

它是生物本能與基本需求，但，並非人人可得！

突然響起「扣扣」的敲門聲。我抬頭，老先生已站在門口，禮貌地等我從胡思亂想中回到現在。

「在忙嗎？」他放好了拐杖，走到習慣的位置坐下。

我起身把門帶上，林小姐早已離開，接待區回復清淨的狀態，又是一個全新的開始。

「胡思亂想而已。」我走回我的位置。

「今天是第十次。」

「我們認識這麼久了嗎？」

「除去你沒來的那次。」我算了一下，「十個半小時的人生而已。」我看著他微笑。

「份量很重的人生啊！」

「來吧，第十次，應該是個全新的開始。」

我跟老先生一起回顧了前九次的經歷，同時給了老先生我對他的評估。「我沒想過，原來性諮商是這樣的啊！可以做到這麼多。」老先生很意外地說，一邊翻著筆記本，驚嘆著自己翻過的山、越過的嶺。

「不一定喔，每個人都有自己想去的位置，要願意才行。還要不逃走。」我微笑地肯定他。

「呵！老實說，是我現在閒閒沒事啦！」他歪著頭想了一下，「要是我年輕點比如四十、五十歲，我肯定逃之夭夭。」

「也是，憑良心說，逃也需要力氣呢！」我跟他閒扯著。

「老師，今天要從哪裡開始？」

我故作驚訝地說：「我剛整理了前九次給你看了，今天你想要從哪裡開始，我們就從哪裡開始喔！」

「誒！」他驚訝地說：「老師，你怎麼變來變去的，之前一直說服我面對，現在又說要隨我。」老先生面露困惑：「我以為今天來會依照上次的方向繼續談的。」似乎是對我要求他自己負責，有一點埋怨。

「先前我是捕捉到了你心中的渴望，用我專業的經驗與能力，把生命命題的方向與要動工的結構鋪展給你看，同時鋪展你的能力，以便你現在可以自己決定生命要怎麼走下去。」

他拿出壺子來，臉上有一種孤獨的神情。

「你不知道的時候，你無法選擇；現在你知道了，你體驗過我們工作的成果與進展，你可以有你的選擇。我的任務是跟隨你的選擇。」

「你，真的很難懂耶，一直變來變去。我以為今天就是……」

呵呵，該長大了啊！「你要不要把『我以為今天就是』，轉變成『我了解了這一些』，那你今天希望的是什麼？」我推著不情願的他往前。

「喔，你真的很堅持耶。好啦，你告訴我我有什麼選擇，總可以了吧！」像個任性的青少年，討價還價。

「好喔！第一、此刻的性體驗技術調整，準備面對性功能退化的失落。二、再一輪面對失去妻子的失落。三、再一輪面對妻子往生過程的創傷。四、與寡婦家庭的重建心理位置。五、與孩子修好。六、找尋生命的意義。」

老先生想了一下，問道：「再一輪面對妻子往生的創傷，是什麼意思？」他以為他已經說過、情緒也好些，應該就過去了，為什麼還要再一輪？

我說，因為事情已經過了兩年，老先生自然有他安置這些感受的方法。第一輪只是協助他適應難以承受的感覺，並且在其中找出意想不到的自尊受傷的真相。第二輪將更深入探索，生命中曾面對過的各種死亡，主要也是協助他準備面對死亡。

他拿起他的茶品著香，我拿起我冷掉的咖啡。「呵呵！我得找個時間泡茶給你喝！讓你體會一下美好滋味。」我謝謝他，但，我品味的是人，是靈魂的精華啊！

清了清喉嚨，老先生顯然選定了方向，「……我這個禮拜，有去跟她吃飯。」我看著他，做出「誰？」的表情。「秀英啦！很久沒見她們母女了。我帶了秀英喜歡的蛋糕跟她女兒雯雯喜歡的玩具，我們一起到公園走走、聊聊。」話停在這裡，我專注地聽著，安靜地等著老先生指引我他想去的方向，「頭一次，小女孩牽我的手。」

「那，你跟秀英有牽手嗎？」

「沒有。我到現在沒有碰她啦。」

「嗯，那這個牽手別具意義。」

「她原本是牽著媽媽的手，走在我們中間，突然，就感覺到她的小手輕輕的碰著我，然後就握住我的手。原本她媽媽沒有發現，直到她拉著我們的手前後拖著玩，她媽媽才制止她，怕她害我走不穩。」

「你呢？你想要她停止嗎？」

他搖頭：「我想要她一直牽下去。」

「是因為雯雯而拉近你們距離還是……」

「有一部分……我的心震了一下。」他搜尋著心中的感覺。

「是曖昧中拉近距離的震動、還是覺得不該發生的驚慌、還是連結到你與妻子與孩子的緊張？」

老先生看著我：「應該都有吧！」他皺了一下眉頭，表情轉為嚴肅：「老師……這……」

「想問問題嗎？正不正常？應不應該嗎？」他點點頭。

「你剛剛做得很好，我們先放下問題，回到你的感受中，慢慢釐清。」問題與感覺很難區分，問題想不透就影響了感覺。

「你心頭緊了一下，腦中出現了什麼？試試隨意聯想。」我支持他自己發現自己。

「我搞不懂我自己……的確秀英與雯雯很照顧我。秀英是我的鄰居，她先生死後自己一個人帶孩子，幫人打掃煮飯。我太太往生後，孩子們覺得需要有人幫我煮飯、打點生活，所以請她幫忙打理。她每次來都會帶雯雯，除了幫我做家事，也會陪我看電視，有時會在我那裡吃飯。我喜歡跟她們在一起，跟她們在一起，我……我……覺得心安、平靜、放鬆。」他露出不好意思的表情。「心頭震了一下，是有一點曖昧的感覺啦，呵呵。」

我微笑看著他，「所以，你不懂自己的是？」

「我這麼老了，談戀愛？」他搖搖頭，對自己很沒有辦法。

「你不是也希望跟她繼續走下去到有性跟親密關係？」

「沒有、沒有、沒有，我沒有設定好要到哪裡。」

「咦！那第二次時你拿來討論的題目是？」我表現出困惑的樣子。

「那是，我想像如果有一天會發生，我希望能給她好的感受。就像我跟老師說的，我很老了，總要讓人家有跟著我的理由，不要讓別人覺得她只是為了錢。」

我笑了，「那你是要秀英跟你孩子們說『我要的不是你們老爸的錢，是性』，是這個意思嗎？」我們都笑了，「所以你不懂的是什麼？你不是早已有想跟她談戀愛的打算？」

他睜大眼睛，「我是想跟她一起走一段，」他嚥了下口水，「但我沒想過這麼老了還會從戀愛開始……」

我微笑地看著他：「好喔……現在你知道了。你的心理、大腦、身體還是會經歷悸動。」我用「你很幸福」的眼神看著他。

「唉，被你講得好像我的煩惱很可笑一樣。」老先生搔著頭，有點惱。

我笑道：「不然呢？」我看著他，從短暫的幸福中，拉回現實層面必須做好的準備，我把聲音和緩下來：「但我相信你的煩惱不是悸動的問題，你的煩惱是現實的問題。高齡、年紀的差距、他人的眼光、孩子的眼光。」老年人的情愛性慾，有非常多挑戰。

他點點頭，「我想到老二。」

「是糾察隊的樣子嗎？」

他搖頭，「我想到我從她五歲那件事之後就沒再牽過她的手。三個孩子裡面她最喜歡在我跟老婆手上盪鞦韆。不……應該是那之後很久，我都沒再抱過孩子們，然後他們就長大了，要抱好像也很怪了。」

我等著他說出他想說的話。

「老師，上次跟你談完，我回家找照片出來看。我們有一些出去玩的照片，我太太都很好的做紀錄，保存起來。我發現，大部分的時候都是太太幫我跟孩子們拍照，只有偶爾幾張是我拍她或是她跟孩子，我很訝異……我從沒注意過這些照片，也從不覺得我是喜歡拍照的人，而且……」老先生從公事包中翻出照片，照片中的他，筆挺西服搭配著高挑身材，帥氣臉龐還戴著趴哩趴哩的墨鏡，旁邊挨著幾個小孩，這種畫面有一種微妙的違和感。

「我看了這幾張照片，」他翻了翻，差不多都是這樣的構圖，「我才了解，這就是我，成為爸爸卻從來沒用心。應該是我從沒主動想幫孩子們拍照，都是我太太在拍，我之前以為是她喜歡攝影……」

看來，老先生早已在心中選好了面對人生的方向。

「我覺得對孩子和她很虧欠，上次老師提到秀英，戳破了我想從在她們身上做對，來彌補過錯的幻想。」

「是彌補錯過的幻想。」我輕聲糾正他，他面露驚訝。「你想藉由秀英母女，在她們身上做對的事，來彌補錯過參與孩子成長的幻想。你是錯過了不是過錯，你太太是遺憾不是怨恨。」

夫妻合作的方式有千百種，沒有人有權利論斷，而最不需要留在生者身上的是，死者並不想留給他的怨恨。不論生者死者，誰都想被正確地瞭解。

他點點頭，調整了不必要的自我責怪，「我很遺憾我錯過了。」

「我也很遺憾。」我嘆了口氣。

「但要面對，真很恐怖。」

「我知道啊，尤其是你二女兒。」

他笑著搖搖頭。

「她跟你很像，你知道嗎？」

「我老婆也是這樣說。」

他看著照片。「如果說要回想三個孩子，我最有印象的就是她，鬼靈精怪應嘴應舌，又愛盧，說真的，我唯一帶過的孩子就是她，一直到那件事……」他平靜地停在這裡。

「你是說，她目睹你外遇的現場。」

「嗯……」他嘆了口氣，「對，是目睹我在辦公室跟秘書做愛的現場之後，我不知道是她躲著我還是我躲著她，總之，我跟她就不一樣了。」他看著地板思考著，而我等待著。

「老師，有可能嗎？做過這樣事情的我，有可能嗎？」

「有可能什麼？」

「有可能被她原諒嗎？或是，她可能已經忘了過去，我有必要再挖出來嗎？」

我溫柔地看著，像個孩子一樣的他，想要我的保證。

「我也不知道，但我可以跟你一起沙盤推演之後，你再決定要不要冒險。」

他想要套出我的話，「給我你的評估。」他轉換了心理位置。

「是想要盤算風險嗎？」我分析利弊給他聽。

「所以呢？你的建議？」他反問我。

「我跟隨你的決定，但我們可以先沙盤推演一下。重點在於你所認識的自己，跟如何面對他們的關切。我們討論完這些，你再慢慢決定。」

「好吧！」他點點頭，露出面對要重建大工程的表情。

我請他拿出筆記，翻開最早的表格後面那一欄「他人的觀點」。

「我覺得這是討論這個部分的好時機，你覺得你的孩子對這些狀況會擔心什麼？關於『性』的狀況，你了解的又是什麼？你希望保留怎樣的個人空間？你會為他們的擔心做些什麼？」

討論完了以後，我們又談了怎麼說、對誰說、何時說、情境、氛圍與環境。

「老師，你這工作很值得，要早有人這樣幫我，我又何必錯過這麼多。」

他嘆了口氣，為了有人能在人生中客觀地陪伴自己，感到莫名的安穩。

「不，是因為你錯過這麼多，才願意低頭、允許我靠近你。」我微笑看著他。

「我知道啦！老師你在說我真的很難搞。」他想起了我們從相識第一刻到現在的種種。

「錯了，我在說的是，人跟人生，真的很難懂。」

他點點頭，不再跟我抬槓，拿起筆記再瞄一眼，又嘆了一聲，「我一直以為，這會是我遺書中的內容。」

「多好！無論你什麼時候說、用什麼方式說，至少，現在的你都能把自己說得清清楚楚。」

「你這表格應該申請專利。」

我誇張地睜大眼睛，「你開玩笑的吧！這只是表格而已，爲我的人也只有你而已。」

他露出「不可能吧！」的表情。

「我收到你對我的肯定了。我只是要說，能走到這裡，並不容易。謝謝你讓我參與你的人生，見證了這個歷程。」我雙手合十，向他微微行禮，道了句NAMASTE。老先生調勻呼吸，閉上眼睛，深深吸氣、吐氣，但不是嘆氣。

「接下來呢？」他問。

「人生，又是一個新的階段的開始，而我將跟隨著你。」

這一次，我們大部分時候都在靜默中度過，我看著他握著筆，看著空白筆記頁放空。我鼓勵他，「寫了，才知道自己真正想表達的是什麼。」

就像人生一樣，要做了才有修改的機會。他開始寫了塗掉、寫了又塗掉。這是練習一點一點萃取出心靈力量的過程。我看著他，無聲陪伴著。

二十分鐘後，「齁，我作文很爛啦，你看，我塗得亂七八糟。」

「現在重點哪裡是作文，是你的心啦。」

他看著本子，翻著字跡凌亂的頁面，發出「嘖」的聲音，有點厭惡地皺眉。他發現剛剛塗抹的力道穿透了紙面畫到下一頁，便像小孩子般生起自己的氣，動手打算把那張塗亂了的紙撕掉。

「誒！」我急忙伸手擋住他，「等等等等！」

「這，看著礙眼啊！」

他不懂我為何阻止他，我也不懂。可能只是單純因為我是個無法刪除檔案的人，只要紙上留過我的心我都無法丟棄，即便日後我根本看不懂自己寫的字。

「嗯……這樣吧！幸好我們還有時間。」我翻開下一張空白頁，「重新把你真正想說的再寫一次。」

我帶他調勻了呼吸，從剛剛的煩躁、不耐，把自己安靜下來。

他停了很久，再次動筆。這次顯然順很多，且過程中不斷回頭翻看剛剛想撕掉的那一頁。

我看著他，人生七十才開始，是這個意思吧！

我很對不起，對於媽媽往生後，我的性上面的私生活，造成你們的困擾。

我很對不起，在媽媽最後的時刻，我把決定都讓美欣做，辛苦你了，這是很難的決定。

在我跟你媽媽感情前段，我外遇，這個部分我跟你媽在美惠很小的時候，已經處理好了，我也再沒有外遇。

我對不起的是，有一次讓美欣看到了很不堪的我。這個部分，我一直沒有機會，也沒有能力跟美欣說對不起。而我也想跟美惠跟智翔說抱歉。

我因爲有你們，就升格成爸爸。但，我眞心不知道該怎樣做一個爸爸，或許，我年輕時也不知怎樣做一個丈夫。我們家所有的一切，溫暖、愛跟食衣住行還有你們的成長，都是媽媽一手打理出來的。沒有她，我眞不知該怎麼辦，遺憾的是，我是要等到她往生才知道，我欠她一個很清楚的謝謝與對不起。

你們的媽媽，是一個很有智慧的女人。
我愛她、我想念她、我也很害怕沒有她的人生，我慌了手腳，我感覺到很無助與無能爲力。很抱歉，我不懂我自己的性，在這個過程中，我的行爲讓你們擔心了。
我不能保證絕對不再有任何性的活動，我想這不是我期盼的度過人生最後一段路的方法，但來諮商，我比較懂我自己了，也比較懂性這件事是怎樣在運作，重要在哪裡。我會用我的方式過我的人生，也會考量你們的擔心。
(1) 我會把遺產信託公證
(2) 我會確認所有跟我有愛情跟性關係的人都是成年、自願的兩情相悅。
(3) 也許我會有一些跟人家搭訕的行爲，我會很有格調的。
(4) 如果過年，我想去陪伴秀英，我會跟你們商量好怎樣跟你們一起度過。秀英跟我，我們還啥都沒有，一切要慢慢經營。
最後，我想要告訴你們，我很愛你媽媽，我很想念她，我沒有一天忘記她，她對我很重要，是我生命中最重要的人。是因爲她，我才能夠有你們、有這個家，雖然我也有負起養家的責任，但我現在知道，金錢的供給不足以成爲一個家。

你們是很棒的人，我愛你們。

很遺憾媽媽是以這樣的方式離開我們，這些天，我在想，美欣是如何不容易地在那個情況下做決定。我從未關心過美惠、智翔又如何面對這個重大的變故。

很抱歉你們的老爸總是不在狀況內。

但，現在我要跟你們說，我愛你們。每一個人都愛，即便我講不出跟你們生活的細節點滴，但我愛你們。

如果你們願意分享給我你們成長過程中我錯過的故事，我會很高興。

最後，

我不像媽媽，她傳給你們很多智慧。

如果，我造成你們的煩惱，可以換成祝福的話，我希望你們幸福、也性福。

別因爲老，就放棄可以再年輕一次的機會。

他寫完，再讀了一次。

我看著他經歷這一切，從無頭蒼蠅般在性裡面鑽、被生命控制啃食的無助感、到誠懇地面對了最不堪的自己，解鎖了自己設下的內心迷宮，並學習承擔的踏實，我看著他重疊著青壯年時期的照片中非常自戀與自我的影像，有一種男孩終於長大的成熟感。

他嘆了一口氣，把本子遞向我，「這等人生，誰能預料？」

「怎樣？」我伸手接過本子，「是往生後要我幫你保管嗎？」

他愣住了，我們的手懸空著，等待著他接下來的決定而動作。

「這個……」

我放掉了手，他將本子收了回去。

「無論你離開是否會把這封信交給你的孩子，或是，你接下來的性生活會怎樣發展，這封信，就當是到此一遊的照片，記錄你的人生曾到過這裡。」

「所以……這是最後一次了嗎？」他露出一種彷彿要一個人面對未知的不安感。

「怎麼可能？人生不是七十才開始嗎？」

今天是很平常的一天，等候區沒有人等待，老先生付了錢，約了下次的時間，一個人默默地離開了。Una在趕月底的會計報表，也沒出聲理會我，一切回到了該有的樣子。

心理諮商，是很個人的事，是因著對自己與生命的好奇，自己決定往內在走去，生命的探尋才會發生。

而性諮商，是透過性，探尋自己，要穿透世人的眼光，甚至自己也深深認同著的評價，要能從其中看見自己，並願意朝自己走去，這並不是一趟容易的旅程。

老先生寫下的信跟收回的手，都說明著，性已不再是不能面對的事；沒有了社會價值觀的拉扯，回到自己與人生的關係，一切自然寂靜，虛空中只有自己與命運。

老先生為自己向前了，那麼二小姐的人生，會因爸爸不再需要她，而有所不同嗎？

雖然兩人從未言明過往，但逝去的父女情誼，有可能重新修補嗎？

這封信假使真在往生前給到孩子們，一封信足以將以往錯過的一切、遺憾、失落、怨懟抹平嗎？

孩子們真的能放手，讓老先生在遲暮之冬，能享受愛情，重新在另一個人的家庭中，扮演他們期盼卻不可得的父職？是給予祝福還是開啟另一段征戰呢？

抑或是我有幸，能被這個家庭信任，一起談談面對母親往生的失落？面對父親感受？與聽聽彼此在生命這一遭，又學習到什麼？

我呆坐著看著天空轉變成夕陽閃亮的寶藍色，遠方依稀可見玄月與星星。

我想起臨走前，老先生若有所思地轉頭問我，「這一切，都在你預料當中嗎？我是說，我的狀況……」

我食指往上指，「宇宙浩瀚，我只是樂意被上天使用的一顆棋子，很高興認識你。」

心靈工坊
PsyGarden
Story 025

心理師，救救我的色鬼老爸！

作者—呂嘉惠

出版者—心靈工坊文化事業股份有限公司
發行人—王浩威　總編輯—徐嘉俊
責任編輯—黃心宜、饒美君
封面設計—木木 LIN　版面構成—李宜芝
通訊地址—10684台北市大安區信義路四段53巷8號2樓
郵政劃撥—19546215　戶名—心靈工坊文化事業股份有限公司
電話—02）2702-9186　傳真—02）2702-9286
Email—service@psygarden.com.tw　網址—www.psygarden.com.tw

製版・印刷—中茂製版印刷股份有限公司
總經銷—大和書報圖書股份有限公司
電話—02）8990-2588　傳真—02）2290-1658
通訊地址—248新北市五股工業區五工五路二號
初版一刷—2020年9月　初版四刷—2023年5月
ISBN—978-986-357-189-6　定價—360元

國家圖書館出版品預行編目資料

心理師,救救我的色鬼老爸! / 呂嘉惠著. -- 初版. -- 臺北市 : 心靈工坊文化, 2020.09
面；　公分. -- (ST ; 25)

ISBN 978-986-357-189-6 (平裝)

863.57　109013171